燕山新话

《前线》杂文集（1995—2015年）

前线杂志社 编

中国人民大学出版社
· 北京 ·

燕山新话

《前线》杂文集（1995—2015年）
编委会

主　编：陈之昌　刘陈德

执行主编：陈秋淮

编　委：王　梅　汲传排

　　　　任　征　段金亭

　　　　魏晔玲

前　言

党刊开辟杂文专栏，是党的宣传文化工作的一个创举。

1961年，中共北京市委机关刊物《前线》杂志在总编辑邓拓先生的带领下，为了丰富刊物内容、活跃气氛、提高办刊质量，开辟了"三家村札记"杂文专栏。每期刊发的杂文短小精悍，内容深入浅出，富于思想性和启迪性，作者中不乏大专家、大学者，文中多以读书治学、做事做人等方面的历史知识而针砭时弊，深受读者欢迎。"三家村札记"栏目成为全国知名的文化品牌，在停刊多年后，1979年由人民文学出版社出版了杂文集《三家村札记》。

1995年，《前线》杂志得以恢复刊名。为配合新时期党的宣传文化工作，前线人秉承前辈的文化传统，创办了"燕山新话"杂文栏目。一批既理论联系实际又讲求文化品位的文章得到读者的喜爱，多次在业界获奖。多年来，由于《前线》的杂文始终坚持站在贯彻执行党的路线方针政策的前沿，始终坚持以文化人的形式和风格去创作，已成为党的宣传阵地上的重要文化遗产。

2015年，适逢《前线》杂志恢复刊名20周年。前线杂志社从1995年至2015年刊发的数百篇杂文中精选了100篇，以《燕山新话——<前线>杂文集（1995—2015年）》为名，由中国人民大学出版社结集出版，以飨广大读者，以进一步彰显党刊的亲和力和感染力。作为文化传承，也可为学习研究杂文、端正文风提供借鉴。

在此，感谢所有在这片园地上付出智慧和辛劳的人！

编　者
2015年12月

目 录

"抬轿子"与"坐轿子"

孙 波

谄媚，给人"抬轿子"，是一种毁人误事的劣迹。谄媚者胸有城府，嘴含蜜糖，脑存奸诈，手玩权术，对能够使自己占上风、登高位的人，他们可以把人家的疮疤说得比美人痣还要漂亮；把人家身上的红肿之处说得艳若桃花，待到溃烂之时，又说得美如乳酪。谄媚者是以十足的虚伪掩盖其邪恶心术的。人的虚伪或真诚虽然藏在内心，但却会在形迹上有所表露。人们只要留心考察鉴别，给人"抬轿子"的谄媚者不管伪装得多么巧妙，也终会把他们识破。令人遗憾的是，古今中外多有正直之士被贬、谄媚之辈受宠的不平之事。也常有人因乐于受媚而被人所毁，甚或贻误国事。

清朝独逸窝退士写的《笑笑录》里记载说：明英宗朱祁镇正统年间，王振掌权执政。郎中王佑靠着逢迎献媚、无耻吹捧被破格提升为工部侍郎，掌握着各项重大工程。王佑美貌无须，善于观察颜色。一天，王振问他："王侍郎你为什么不长胡子呀？"王佑急忙回答说："老爷你都没有，我这当儿子的哪儿敢有啊？"像王佑这样有势即是爷的谄媚者，人们能不厌恶吗？可是王振却非常喜欢他，很愿意让他为自己"抬轿子"。

与王佑相比较，那些淡泊于俗欲、为人明白通达、力避逢迎谄媚之士，则往往惨遭贬谪。据《南齐书·王僧虔列传》记载：王僧虔调任会稽太守，俸禄等级为中二千石，所任将军如故。受皇帝宠爱的中书舍人阮佃夫家在会稽，请假回视。门客劝告僧虔，宜用隆重的礼节迎接他。僧虔说："我自有立身之道，岂能曲意此辈？他如果因此加害我，我就拂袖而去。"佃夫因受触犯，就向宋明帝进谗言，结果僧虔被免官。

王佑虽靠逢迎谄媚，满足了私欲，官居高位，但他毕竟是人们唾弃的历史垃圾。而王僧虔则不同，他虽然丢了官职，但就人格来说，他留下了烛照青史的光辉，经得起事实和历史的考验。

常言说，为人能有几回活，活就要活出个好人格。一个不顾人格、只逐名利的人，虽然还活着，但他已经死了。他活得没有社会意义，不是如同死了一样吗？

逢迎谄媚、"抬轿子"之风不仅鼓荡于古代，也肆虐于当今。人们不是常可见到有些人在时时、处处、事事"关心"领导吗？领导需要办的事，就是违背原则他们也筹办；对领导不利的事，他们千方百计做掩盖，甚至颠倒是非，瞒赃担责，置党纪国法于不顾。"抬轿子"是为了"坐轿子"。有些人就是靠饰口利辞，曲事以媚人，不断为领导者"抬轿子"，捞到了好处，提升了职务。有的可能贪官变"清官"、庸才变"英才"、稻草变"黄金"。也有的因互相利用，蝇营狗苟，导致一起垮台，最终害了别人，也害了自己。

"有了食又思衣，有了衣又嫌房低，住上高楼又想美女，娶了娇妻没马骑，骑上高马想奴役，当了县官嫌位卑，到了阔佬位，又想做皇帝……"有些人之所以勤于逢迎谄媚，忙于为人"抬轿子"，也有些人喜欢别人给自己"抬轿子"，根源在于私心太重，贪婪多欲，没有坚持正确的世界观、价值观。"一念贪私，万劫不复。"那些对个人名利渴求不已的人若不慎乎外人毁，犹可挽；自己毁，莫可赎。他们应该记住明人朱载堉写的那首《十不足》散曲，顶住名利的诱惑，跳过私欲的陷阱，宁可清贫，不可浊富，"正清临民，廉洁行事"，为搞好自己分担的事业尽心竭力，切不可学贾雨村那般得志的小人，身后有余忘缩手，眼前无路想回头，把一个好的前程玩丢了。

（此文略有删节）

1995 年第 5 期

聪明不可歪用

刘绍楹

聪明比愚笨好，这是一个不会引起争论的话题。然而，凡事也不可一概而论。聪明过了头，用歪了，同样不妙。人们都熟悉的《战国策》里讲的画蛇添足的故事，不就告诉人们，聪明劲儿用过了头，反会弄巧成拙吗？

至于歪用聪明害人害己，最终落了个"反被聪明误"的人，则更是不乏其例。可是，如今仍然有各式各样显示自己"聪明过人"的把戏在社会各个角落不停地上演。就说流行于市的假冒伪劣商品吧，五花八门，应有尽有，仿真手段之高超、作伪技法之精妙，完全到了可以乱真的程度。可惜的是，这些人的聪明才智没用到正道上，因而当他们自以为得意、自以为聪明之际，也往往就是他们被绳之以法之时。

把聪明往歪处用，其原因在于这些人有所图。图什么？无非是名利二字。1911 年，英国律师陶逊声称，在辟尔唐地区发现猿人头盖骨碎片及半个下颌，他把这些东西送给英国著名人类史学家伍德华博士考证，二人又合作在该地区挖掘出动物化石、石器、人类犬齿化石等。于是，伍氏宣布，他们发掘出一种生活于 50 万年前的半猿半人生物的头盖骨，并命名为"陶逊曙人"，使这位陶律师扬名世界。可是，对此持怀疑态度的科学家也一直在做揭伪的工作，随着含氟量法、C 14 法等先进检测手段的出现，谜底终于揭开。原来，那些头盖骨、牙齿化石、石器骨器等，最远不过是 600 多年前的东西，陶律师把它们收拢来做了一番加工后又埋入地下，然后才有"发掘出土"的戏上演。读这则史料，真为陶氏惋惜。以他的聪明、精干，倘把才能全部用于干律师正业，何愁不红火？总想名扬四海，一鸣惊人，不惜拿人格做赌注弄虚作假，结果反落得个身败名裂。

禁不住金钱的诱惑，为赚昧心钱而动歪脑筋，不走正路，甚至不惜触犯法律，如那些假冒伪劣产品制造者，其冒险的胆量比陶逊之流有过之而无不及。中央电视台记者对北京市场上销售的燕窝制品做了一番调查，发现许多精美礼盒包裹着的东西，根本不含燕窝，顾客花几十元、上百元买到的，不过是用猪皮、猪肚、银耳等做成的假货。从报上还看到这样一条消息，河南宁陵县有个开电器修理部的农民，名叫张家起，应本乡电工牛某之请，苦心研制出能让电表倒转的窃电器，高价出卖并传授使用方法，后牛某在短短八个月内窃电两万余度，价值近万元。事发后，张家起被判有期徒刑三年。陶逊之流为求名而歪用聪明，虽不道德，但毕竟未祸害社会，累及他人。假冒伪劣产品制造者、窃电器制造者们，为求利而歪用聪明，不但给他人、社会带来了直接危害，而且触犯了法律，对他们打击、严惩，就是理所应当的了。

《红楼梦》中有诗云："机关算尽太聪明，反算了卿卿性命。"古今这样的例子很多，愿那些智力发达、理解力强的聪明人，切莫把聪明用歪了。

1995 年第 6 期

切莫因小失大

委明志

中国有句古语："福祸无门，皆由自取。"确实，古往今来多少人本可无灾无祸，但由于贪心不足，利欲熏心，终于导致身败名裂，甚至身首异处。前些时候，原北京市副市长王宝森涉及经济案件畏罪自杀；原贵州省公安厅厅长郭政民因犯有受贿罪，被判处死刑，缓期两年执行；原湖北省副省长陈水文因非法炒股和接受钱财被撤职查办。这类形形色色的案子，就是很好的例证。这些人难道不知道不义之财烫手，甚至会焚身？其实他们很清楚，问题是在财物面前动了贪心，因而不惜以身试法，因小失大。这里，不由得使人想起唐太宗打过的比方。

贞观初年，唐太宗对侍从大臣说，人有了明珠，没有不贵重的，如果用它去弹雀，岂不可惜？何况人的性命比明珠更贵重，看到了金银钱帛，就不怕法网，立即收受，这就是不爱惜生命。明珠是身外之物，尚且不能用来弹雀，何况至贵至重的性命，能用来换取财物吗？贞观十六年，他又告诫大臣，鸟儿住在树林里，还担心不够高，又把窝筑在树梢上；鱼儿藏在河水里，它们仍不免被人捕获。现在大臣接受任命，居于高位，享受厚禄，应当竭诚尽忠，廉洁奉公，才能没有灾祸而长保富贵。那些身遭灾祸的人若为贪财求利，和这鱼鸟有什么不同呢？

唐太宗用明珠、鸟的比喻，把不可贪财害命的道理，讲得鞭辟入里，醒世警人。虽然时间已无声无息地流走了一千三百多年，但这个道理仍不乏劝诫和启示意义。

贪是一种恶欲，也是一种恶德。依了这种恶欲去干，循了这种恶德去作，就是恶行。任凭这种贪欲漫无边际地泛滥，就会无法控制，自食恶果。古人云：天网恢恢，疏而不漏。今人讲：手莫伸，伸手必被捉。可见，贪心招祸是一种辩证的逻辑关系，是一种因果相继的必然规律。淡泊以明志，宁静而致远。为官者，在不义之财面前千万要清醒头脑，把握自己。奉公守法，廉洁自律是对自己最起码的要求。如果贪赃枉法，必然要受到党纪国法的惩处。须知，坚决惩治腐败是党的一贯主张。那种心存侥幸，终至利令智昏，是万万不可取的，也是绝对靠不住的。

1996 年第 2 期

狡猾的和珅

李庚辰

在电视连续剧《宰相刘罗锅》中，乾隆皇帝曾问和珅是忠臣，还是奸臣。和珅随机应变，称自己既不是什么忠臣，也不是什么奸臣，充其量只不过算个弄臣。乾隆问他什么意思，和珅答道：忠臣难免一死，奸臣难逃一死。他说自己不想死，只好当个弄臣了。乾隆又问他这弄臣怎么个当法，他答：事情要拣皇上高兴的办，说话要拣皇上高兴的说（大意）。也就是说，想着法儿让皇上高兴就是了。

和珅的回答可谓言简意赅，难得坦率。乾隆听后觉得他说的"倒是实话"，不能说无一点道理。可仔细想想，又觉得和珅所言又非全是实话，乾隆的评价也未必全有道理。

其实，既不想当忠臣，又不想当奸臣，这样的"第三条道路"在实践中很难走得通。比如，皇上不顾江淮灾民死活，要拿 800 万两白银修建护国寺。是忠臣，为国家社稷计，就会像宰相刘罗锅那样明确表示反对。这样皇上就会不高兴；而要让皇上高兴，和珅就只好无视灾区饿殍遍地，明知不对仍要高呼"皇上圣明"，他可以像狗一样俯伏在地跳跃逗乐，甚至可以摸准脉搏投其所好，怂恿皇上眠花宿柳狎妓嫖娼。如此这般，乾隆皇帝高兴倒是高兴了，但这有损"天威"、无益他的江山社稷是显而易见的，和珅所为只能是不折不扣的奸臣勾当。他说不当奸臣不过是个幌子，其实他正是货真价实的超级奸臣。据史载：乾隆死后嘉庆皇帝查抄和珅时，其家产多达 8 万万两之巨，他为相 20 年贪占的财产比清廷 10 年收入的总和还多，可见其罪不容恕。

问题在于，和珅的言行早已奸相毕露，而作为尚不算昏庸的乾隆皇帝何以居然熟视无睹，而且视之为肱股近臣而宠信不疑、言听计从？恐怕还是因为和珅能想着法儿让乾隆高兴，能够事情拣他高兴的办，说话拣他高兴的说，使他看着顺眼，听着顺耳，用着顺手，想着顺心，处处顺意。有了乾隆皇帝的这些"顺"，随之也就有了和珅的仕途大顺，路路皆顺，转眼间由一个地位卑微的抬轿夫而位极人臣。狡猾的和珅，将乾隆皇帝整个地装进了他的口袋！

不过和珅这一手也并非独家首创。"想着法儿让皇上高兴"的人历代都有。隋时有个大臣虞世基，为了让炀帝高兴，对天下大乱居然隐瞒不报，只说是"鼠窃狗盗"，要炀帝"勿以介怀"。因"言多合意，特为帝所亲爱"。然而，"世基之宠日隆，而隋政益坏"，直到隋炀帝的脑袋被人割了去。元代丞相哈麻爬上相位之前，为了让皇上高兴，竟然引来西方僧人，教顺帝房中术，甚至男女混杂，赤身露体，在皇上面前做各种下流动作，以博皇上一笑。皇上倒是高兴了，其统治则日益衰败以致临近了末日。历史已经下结论：他们想着法儿让他皇上主子高兴并不真为他的皇上，不过为了谋私逐利。这帮家伙恰是致君昏妄使其加速败国亡身的妖孽，是祸国殃民的奸臣贼子。

据此，是否可以这么说：忠奸之分，固然有多种因素，但一个重要标志是：忠者并不只是想着法儿让人高兴，而是实事求是，敢于好处说好，坏处说坏，只以对国家人民有益为准，不看权势和脸色，不以个人利害得失萦怀；奸者则反是。

狡猾的和珅是个难得的反面教员，他给人上了难得的知人论世的一课。

（此文略有删节）

1996 年第 4 期

泰山不是堆的

崔金生

眼下，繁华闹市上不少店铺以"王"自尊，什么牛肉面大王、饺子大王、栗子大王、年糕王、板寸王等，一些产品也以"霸"自居，什么海霸、天霸……单是牛肉面大王在北京就数十家，这么多大王和霸主，真让"上帝"不知往哪个庙里烧香了。

有人问：这些王霸商家和"老字号"谁更值钱？这得看怎么说了。人家"老外"的商品称王，我们也称王，甚至"王中王"，有这样的雄心和勇气，自然应该支持，但若不在产品质量上下功夫，就与"吹牛大赛"无异了。事实上，报刊已经披露，不少"王"牌商品质量并不合格，老百姓很不买账。市场经济客观上不是要求产品在"名"上分高低，而是要在"质"上决胜负。称王称霸未尝不可，但重要的是要拿出真东西，而不是借助王霸之名来招财进宝。否则，"质"降下来，"名"也就"倒牌子"啦。

"老字号"又如何呢？显然，广大消费者对"老字号"的敬仰和认可远远胜过各种"王"、"霸"。"老字号"在商品质量和经营作风上，下过几十年甚至上百年的苦功夫，才占据了人们心目中的"王"位。"老字号"的牌子，就如同储蓄的户头，是用汗水积累其价值的，所以用不着"全聚德"、"六必居"、"王麻子"、"王致和"、"月盛斋"等"老字号"打出鸭子大王、酱菜大王、剪子大王、臭豆腐大王和酱牛肉大王的旗号。

有市场必然要竞争。谁提供物美价廉的商品，谁就能立于不败之地，也就会成为人们心目中的"王"、"霸"。这个常识不少人不是不懂，而是不为，总觉得投机取巧见效快。诚然，这也许可以得利于一时，却未必能立足于长久，因此，从根本上说，恐怕还是得不偿失。

泰山不是堆的，"王"和"霸"不是吹的。都称王也就没有王了。所以，不要"关上门做皇帝——自尊自重"，而应务实。当然，"老字号"也不能倚老卖老，如果放松商品的质量，同样会"倒牌子"。所以，"老字号"要树立"牌老人不老"的名牌意识，不能"摆老架子"，"守老摊子"，而要适应新形势，抓住新机遇，不断增加"老字号"的含金量。

1996 年第 7 期

再议"吃请"

谨 行

1989 年 5 月，我曾在《学习与研究》上发表短文《吃请琐议》，主张在采取行政手段，狠刹吃喝风的同时，对饮食方式、习惯做点引导、改革。当然，首先要在观念上转变。从那时到现在，六七年过去了，据说吃喝风有所收敛，但用公款大吃大喝者，依然大有人在。故而"再议"。

吃喝风之成为顽症，有它深刻的原因。且不说，各种报刊在宣传各种文化的同时，也在津津乐道于中华民族的瑰宝——饮食文化。既是瑰宝，自当发扬，更当光大，不仅继承，且要丰富和发展。如此，讲吃讲喝，似在情理之中；也不说，近些年来，假开放搞活、招商引资之名，大办这节、那节。细究各"节"，不管有多少不同的形式和内容，几乎毫无例外地都有一项内容：吃。有的甚至堂而皇之地索性叫"××吃节"、"××喝节"。而这些"吃"、"喝"绝少有掏自家腰包的。如此一面大力"倡导"大吃大喝，一面又要严令"禁止"，实在太难了。所以，只能是屡禁不止；再往深里究，中华民族还有一个优良传统——热情、好客。孔老夫子的一句"有朋自远方来，不亦乐乎"，使得热情好客成了一种美德。这种传统美德的具体形式，首要是让"客"吃好、喝好，且吃喝好坏，成了衡量"请"者富有程度的标志、"吃"者身份高低的尺度。中国人爱面子。"自奉必须俭约，宴客切勿流连"，成为人们处世的格言。这就是说，宁肯自家苦点，也不能薄待了客人。尽管未免有点打肿脸充胖子之嫌，但它确是中国人追求的一种境界。否则，让人说"小气"、"寒酸"，脸上该多么无光。看来，刹吃喝风，也还真得解决一些深层次的问题。

同时也要引导。前些时到一个富裕的村做调查。餐桌上自然也对我"好客"了一番。但不知怎的，吃着"好客"的菜肴，总觉得不是滋味。而我又拉不下面皮，不像有的同志，拂袖而去，来个"罢宴"。思考再三，便学孟老夫子来个"引而不发，跃如也"。我先是夸主人的菜做得"好"；于是主人得意溢于言表，说有个一级厨师掌勺云云。我又说，仔细品味，说不清这"一级厨师"在什么地方还欠点火候；主人承认确有"不足"。我借机做起了文章：论大鱼大肉、山珍海味，一般做不过北京饭店的"四大菜系"，那里才是正宗。主人也自愧"弗如"。

既如此，何不扬长避短，做我们自己的"菜系"呢？

同城里比，村里吃的特色在哪？曰"土"：土特产品，土生土长，地地道道，哪个大饭店也比不了。曰"鲜"：自家地里种，现摘现吃，鲜嫩清脆，哪个大饭店也没有这个优势。曰"素"：都说吃素有益，城里人到乡村吃点粗茶淡饭，调剂调剂，也是非常难得。曰"野"：槐树的花，榆树的叶，柳树的芽，再加上田里的野菜，据说还有抗癌防癌功效。至于乡里的豆腐、农家的鸡，不更是席上珍吗？这些不少在城里稀罕，但农村则随处可觅。哪家大饭店敢与竞争？

于是新的"菜系"形成了："土鲜素野"。黄瓜整根啃，萝卜蘸酱吃，家鸡白水煮，野菜连根嚼。再伴之以烤白薯、煮玉米、肉末炸酱面，外加玉米渣粥等主食，用北京话说真"没治了"。如此，客人吃得舒心，主人同样表现出热情、好客，也乐得开心。干吗放着自己得天独厚的优势不利用，却硬要以自己的短处去同人家比，舍本而逐末呢？对那些用公款吃喝者来说，应知食素者长寿，不闻谚云："鱼生火，肉生痰，豆腐白菜保平安。"干吗用公款吃喝，吃得满嘴流油，吃坏了党风喝坏了胃，既"海吃"于前，又"减肥"于后，何苦自己跟自己过不去？

1996年第12期

不要“吃祖宗饭，造子孙孽”

隋喜文

近年来，可能是由于受港台文艺作品的影响，一些以写著名历史人物和事件为借口，实际上是恣意歪曲历史的影视作品大量出笼，编造离奇怪诞，似真似幻的故事，把历史糟蹋、蹂躏得不成样子。像写乾隆皇帝的电视连续剧，乾隆成了穿着清代服饰，说着现代语言，打情骂俏、打架斗殴的小痞子；像《西楚霸王》，把刘邦、项羽之间开展的争夺全国政权的斗争，歪曲成刘邦怕项羽抢自己老婆而展开的“情场厮杀”；像《秦颂》中，义士高渐离为了报复秦始皇，去强奸他的栎阳公主，结果竟产生了奇迹，长年瘫痪的公主被强奸后，欣喜欲狂，能飞快行走；连源于《左传》的孟姜女哭倒长城故事，也被篡改成孟姜女之夫范杞梁，被公主第三者插了足，苦役和怨声被情场斗争所代替。一些不懂历史，甚至一行史书也不读的编导，仅“凭感觉”，胡诌八扯出一些作品，居然能获得高票房收入，甚至拿到国外获大奖。难怪有的大学教授发誓不看历史题材影视，原因是受不了那种“没文化的折磨”。

历史小说、历史题材的影视作品，一般应在真实的历史人物和事件的基础上，进行恰当的艺术加工、提炼和概括，再现一定历史时期的社会风貌和历史发展的趋势，使读者在一定程度上了解历史并得到某种启示。因此，它所描写的主要人物和事件应有历史根据，不能违背基本的历史的真实，更不能杜撰历史。比如，根据《三国志》写成的《三国演义》，被公认为“七真三假”的历史小说；即便是“三假”的虚构部分，也不是胡编的，乃是当时可能发生的。比如“空城计”，据史书，并非诸葛亮的事迹，但是在三国时期确曾发生过。这种虚构是合情合理的。

又比如，姚雪垠的《李自成》，其主要人物李自成、张献忠等不但真有其人，其主要事件如李岩起义等也是实有其事。

以史为鉴，可以知兴替。江泽民同志最近强调指出，要"认真读一点历史"，"首先要了解中国的历史"。学习和掌握历史知识，对于吸收和借鉴历史经验教训，继承优秀传统文化，认识和把握社会发展客观规律与趋势，对于树立爱国主义思想，有着重大作用。英国思想家培根早就说过："读史使人明智。"特别是在我们这么一个文盲、半文盲占较大比例的国度，有相当多的青少年的历史知识非常贫乏，他们往往是通过读历史小说和历史题材的影视作品获取历史知识。如果我们的文艺作品大量以"九分无用、一分被歪曲"的东西提供给广大青少年，那无异于在亿万头脑中制造文化沙漠，害莫大焉。如今人们惊呼酸雨、臭氧层破坏、全球变暖、荒漠化扩大、淡水资源耗竭等环境问题，重视可持续发展问题；那么，炮制假冒伪劣的历史题材作品，则是文化知识领域的环境污染，如果不治理，就谈不上可持续发展。清末著名思想家龚自珍说过，"灭人之国，必先去其史"，他把忘掉民族历史与亡国联在一起，不啻给今天胡诌历史的人敲了警钟。

文艺创作，影视编导有权自由想象，但是对重要历史人物和事件如何写，则应当有个尊重历史真实、正确认识历史的态度。某些人以"游戏人生"态度衍生出的"写作便是我的游戏方式"宣言，切不可用来编排历史。笔者强烈呼吁，对历史题材作品要有所规范，对重要历史人物和事件如何去写，应当立个制度，比如规定必须有 2 名文科教授担当顾问，签名认可；要像保护国货名牌精品一样保护历史文化遗产。影视等文艺作品欲虚构过去也可以，但不要安到秦始皇、唐太宗、乾隆的名下，就说"从前有个皇帝，有个宰相、将军"好了，假就假在明处。切莫再干那种"吃祖宗饭，造子孙孽"的事了。

执法关键在"严"

怀 义

有一种说法：商品经济就是一种法制经济，我看不无道理。在商品经济的大潮中，商情瞬息万变，从商者各怀心态情怀。如果没有一定的规范、规矩和约束，而且谁想怎么买就怎么买，想怎么卖就怎么卖，为所欲为，甚至无所不为，那还不乱了套？

这些年，为适应市场经济发展的要求，我们国家和全国各地都制定了许多法律、法规、条例，许多事情无法可依的情况，有了很大的变化，大大促进了我国经济和社会各项事业的健康发展，这是十分可喜的。当然，我国法制还有待进一步完善，这也是大家公认的，自不待言，但当前一项更为迫切的任务是有了法律如何严格执行。在现实的经济生活和社会生活中存在的一些混乱现象，不能说都是无章可循，无法可依，而恰恰是有章不循，有法不依。请看，明明有道路交通管理条例，红灯停绿灯行，有的行人却大摇大摆，照闯红灯；明明有严格控制人口增长的决定，但在有些地方计划外超生现象仍然使计生干部们感到头痛；明明有矿产资源法，但在一些地区，乱开乱采，破坏生态的现象，仍屡禁不止，令人十分痛心；明明有环境保护法，然而有的单位、有的领导，只顾局部的眼前的利益，而不顾国家利益和子孙后代的长远利益，毫无顾忌地向江河湖泊排放污水，在他们那里，很难见到净水，甚至连海水都惨遭污染；等等。

这种不协调的反差极大的现象，不能不引起人们的深思，不能不引起人们的高度重视。我常想，有法为什么不依呢？为什么有的人、有的地方敢于无视法律、藐视法律呢？"不知法，不懂法，缺乏教育"，这固然是个重要原因，但教育不是万能的，必须在严格执法的"严"字上下大功夫。

一是管要严。凡一项新的法律出台，立即随之以管，从上到下，层层负责，一管到底。我们不是常说哪项工作有"主管部门"吗？"主管"什么？主要管执法，如果这个领域的法没有执行好，那么就应当说这个主管部门的工作没有管好。其实，管理也是一种教育。管执法，就包含着让人们懂法知法的意思，哪能都理解成管卡压呢？

二是罚要严。违了章、越了规、犯了法，就要受到相应的惩罚。实践证明，凡是管之以"下不为例"的，十有八九要"再次为例"。因为没有受到必要的惩罚，没有触到痛处，没有受到教训，怎么能引起重视呢？惩罚，决不是目的，像苏东坡说，惩不善，"所以弃其旧而开其新"，目的也是让人吃一堑长一智，从中记取教训，弃旧图新，在执法方面，变得聪明一点。

三是一贯严。不能严一阵松一阵，今天严，明天不严；也不能对甲严，对乙宽，而是一视同仁。长期坚持严，积以时日，就可以促使人们养成习惯。习惯成自然。人人都自觉了，遵纪守法成了大众的习惯，法也就可以得到严格执行了。

1997 年第 5 期

忽如一夜春风来，千车万车标语改！

王　荆

那位说了，您记错了，唐朝大诗人岑参作《白雪歌送武判官归京》诗中的原句是"忽如一夜春风来，千树万树梨花开"吧。是，是，我是擅改唐诗。为什么改呢？因为今年我发现北京街上各种型号出租车窗户上贴的标语全换了，原来是"接送一次乘客，奉献一片爱心"，现在改成"为乘客服务，树行业新风"了。

老实说，我对出租车"献爱心"的提法，是很不以为然的。去年我写过一篇短文，题为《打"的"献"爱心"》，大概由于不合时宜，没能发表出来。现在既已事过境迁，老话重说应该不会有什么问题了吧。

送温暖，献爱心，肯定都是好事，例如为希望工程慷慨解囊，向灾区难民捐献衣物，不为名，不为利，不求报偿，不讲交易，的确可说是送去了一份温暖，奉献了一片爱心。不过如果把正常的工作都吹嘘或宣扬为送温暖、献爱心，就未免有些过分。

现在好像是从上到下、各行各业都在大张旗鼓地"送温暖"、"献爱心"，商业、服务业更是特别热衷此道。如果《镜花缘》里的林之洋来到咱们这里，大概会以为又到了一个"君子国"了吧。真心实意在"送"在"献"的，自然有，但实际只是做了自己分内的工作的，恐怕不在少数。例如我是一个教师，按时上课，但也按月领工资，即使学生反映不错，也是我理应做到的，如果谁赞美我每上一课都是"奉献一片爱心"，我大概会立时脸红而且感到肉麻。如果我自己这样认为，一定是得了"自大狂"的病症了。当然，以献身精神从事工作，工作应该做得更好，这是不言而喻的。

至于出租车"接送""乘客"算不算"奉献""爱心"，恐怕要另当别论，除非是急公好义、见义勇为，无偿"接送"了危难病人、临产孕妇、迷失路途的外地老者，而又不留姓名，否则单是载客收钱，正常营业，这有什么理由称之为"奉献"了"爱心"呢？现在人们对出租车特别是"面的"颇有微词，主要还不是因为他们不向乘客奉献"爱心"或"爱心"奉献得不够，而是"拒载"！即使不"拒载"，也只可说是具有了最起码的职业道德，谈不到"爱心"，不过我们姑且忍痛把"爱心"的标准降低，违心地认为"不拒载"就算"奉献"了"爱心"，我估计也不会有多少辆出租车敢于把华而不实的"接送一次乘客，奉献一片爱心"的标语揭下来，换上实事求是的"不拒载，献爱心"的标语的。不信咱们且拭目以待。

如果咱们这些乘客心态实在不平衡，我就建议不妨学学阿Q的精神胜利法，说一声"搭乘一次出租，奉献一片爱心"，也不让出租车专美于前。我说这话好像有点开玩笑，其实不是。按照"接送一次乘客"付出劳动便是向乘客"献"了"爱心"的逻辑，那么"搭乘一次出租"付出报酬，岂不也可说是向司机师傅"献"了"爱心"了吗？

今年这一改，改得好。原标语很容易使乘客感到尴尬，搭乘一次出租车，就好像受了人家的施舍，欠了人家的情。现在好了，出租车不管接送几次乘客，都是"为乘客服务"，而且并不是无偿的，用不着老想着我可是为你献"爱心"了，倒是应该时时想着如何"树行业新风"。如果真的要"献爱心"，仅仅正常服务恐怕还远远不够。当然这也不仅仅是出租车行业，甚至不仅仅是商业服务业的问题。

"献爱心"是纯洁而高尚的，不可滥用，不可降低标准，更不可让假冒伪劣玷污了她！

1997 年第 7 期

不要忘了"天"

秦　海

中国有"天时不如地利，地利不如人和"的古语，把"人和"放在第一位，但也并不否定"天时"的作用；而"谋事在人，成事在天"，则把"天"当作起决定作用的因素。这两句话很难说谁对谁错，它们都是强调了一个方面，都各有自己的道理。

古人所说的"天"或者"天时"，是一个相当复杂的概念，一两句话说不清楚。但有一点是明白的，就是它们不完全是我们现在所理解的老天爷，也不完全是指运气。它们很大程度上是指客观条件、客观规律，当然也有机遇。某件事成功了，少不了干事者主观的努力，但也绝对不能忽略"天"和"天时"的作用，即客观的有利的条件、有利的形势；同样地，某件事失败了，有些时候是主观的失误，有些时候就是"天不作美"。有句话叫"时势造英雄"，没有相应的"时势"，"纵有千般风情"，也成不了英雄。就算你是英雄，若无"用武之地"，你这英雄也英雄不了。这里的"时势"、"用武之地"（也可以说"用武之时"）实际都是指"天时"。所以古人强调"敬天"，我想"敬"恐怕主要就敬在这里。

这几年，人们开始正视"机遇"这个词。一些事情的得失进退有时候并不玄妙，就是机遇好坏所致。有个故事说，有兄弟三个，做雨伞的生意。一天，父亲让他们三人各背几十把雨伞出去卖。他们各去了一个地方。老大、老二去的地方一天都是晴天，没卖出几把。老三去的地方突然下了一阵雷雨，人们猝不及防，争买老三的伞，结果全卖完了。你能因此说老大、老二不会做生意而老三会做吗？只能说老三的机遇好。有人对机遇不太服气，但这是一种确实的客观存在，不能不正视它。

明白"天"和"天时"的重要，并不是否认人和人的努力的作用，更不是要你放弃努力，凡事像守株待兔那样等天时，等机遇。不是的。我这里只是说，当你事业成功的时候，得意之余，请不要忘了"天"和"天时"，不要贪天之功以为己有；而当你遇到挫折时，也不要完全怪自己，说不定就有"天时不利"的情况。这对于正确认识自己、公正对待自己都是很必要的。

前不久读历史小说《曾国藩》，其中有这样一个内容：曾国藩的弟弟曾国荃带兵攻下太平天国的首都天京后，自以为功高无比，目空一切。一次，曾国藩对他说："你本事虽大，但不能居全功，要让一半给天。这'天'就是指运气。这样看、这样想，就可免去许多烦恼，少生许多闷气。这不仅是处世之道，也是养生之方。"曾国藩在这一点上始终是清醒的。

观之于现实，我们一些人就没有曾国藩的这种清醒。他们成功了某件事，做出了一些成绩，便把功劳全部记在自己的功劳簿上，只看到自己的英明正确，而无视"天"、"天时"和客观的作用。要群众对他歌功颂德，对他顶礼膜拜，对他感恩戴德。有的人则把功劳全部归己后，以此为本钱，向人民要这要那，贪得无厌。还有的人，把自己多半是机遇得到的东西（比如官位），当作自己的本事，不可一世。这些人，既不懂曾国藩所说的"处世之道"，也不懂曾国藩所说的"养生之方"。所谓不懂处世之道，是指贪天之功以为己有，只会让人厌恶；所谓不懂养生之方，是指怨这怨那，只会有损自己的身心健康。

孔老先生把人生的进步分为几个阶段，其中五十岁是"知天命"。而在我看来，"知天命"的年纪越提前越好。只有"知天命"，方可处理好人和天、客观和主观、个人和群众、自己和他人的关系。

（此文略有删节）

1997 年第 12 期

家庭："硬件"与"软件"

柳如烟

如今，在大中城市里，住宅装修颇为流行。钱多的，钱少的，新房子，老房子，竞相装修者甚众。吾非经济界人士，未知装修是否成了一个新的经济增长点，看样子反正很火就是了。

吃、穿、住、用乃人类的基本生活消费，是衡量生活质量的重要标尺。拥有住房并能装修得漂亮和舒适一点，是好事，说明改革开放这些年群众的生活水平确有提高，无可非议。不过，我对此还是有些零星的思绪，想在这里扯几句闲言。

咱们中国人多，啥事一闹哄，都会呼呼地"刮风"。装修住房，似乎亦应注意及此，不要一窝蜂，盲目攀比。装修不装修，装修档次高低，当从各自的家情出发，以不超过实际承受能力为限。外埠的行情我不了解，在北京，很普通的家庭装修，得花两三万元，这对收入平平的工薪家庭来说，可不是个小数字。再说精力的付出，那就实在难以确计，总之是挺累挺熬人的。

日前我赴H城参加老同学聚会，听说这样一件事：在我曾经任教的大学里有位先生，赶着给回国结婚的女儿装修新居，由于过度疲劳和兴奋，早年的心脏病复发，房子刚装修好，人却猝然离去，喜剧引出悲剧。至于因装修住房累出伤病来的更多，我周围就有过几例。由此可见，要把好事办好而不办坏，装修住房务必掌握"量力而行"的原则——装修之前要周密策划，切戒力不能支的破费；进入操作过程要悠着点，慎勿火急火燎，拼死拼活，以致引发不测的后果，值不得。此其一。

其二，依我看，在整个家庭建设中，住房装修只能算是属于"硬件"的项目之一。家庭建设，包括物质与精神两方面，即"硬件"与"软件"。物质"硬件"是基础，精神"软件"是灵魂。舆论皆曰家庭是社会的细胞，却又是一篇做不尽的大文章。其所谓"大"，内容主要在"软件"。我在一篇短文中说过："家，必得有房子住；然而，房子不一定就是家。""家，顶顶重要的是有爱情，有亲情，有同这些情感血肉相连的甜酸苦辣等等。倘若没有了这些，家就不存在了。"俗话说，"家贫和也好"，黄梅戏《天仙配》里有两句唱词，"寒窑虽破能遮风雨，夫妻恩爱苦也甜"，讲的都是这个道理。

唐代刘禹锡的《陋室铭》云："山不在高，有仙则名；水不在深，有龙则灵。斯是陋室，惟吾德馨。""南阳诸葛庐，西蜀子云亭，孔子云：何陋之有？"今天的读者看了它，有人或许认为这观念太陈旧了，甚至讥之为文人的穷清高，而我则以为，这位古代贤哲重视家庭"软件"的思想，显示了中华民族传统文化中蕴含的精华，值得后人好好体味。

柳如烟寓居京城二十五载，一直住着五十年代建造的老房子。居室三间（实际是两室一厅），四代同堂，叠床架屋，拥挤之状可想而知。赡养人口多，人均收入低，温饱虽无虞，但不敢动装修住房之念。他日果入小康，房子要不要装修一下，眼下还说不准。即使装修，也只图简洁、朴素、实用、方便，决不追求富丽铺陈。或又畏其劳顿，干脆就不装修。黎明即起，洒扫庭院，养几盆花，采多点光，窗明几净足矣。我想，在我们这个大家庭里，头等要紧的是把家庭关系处理好，饮食起居安排好，学习工作坚持好，一家老小健健康康、和和美美地过日子。能如此，也就甚感惬意了。

（此文略有删节）

1998 年第 9 期

噪声也是"伤害"考

刘恩启

今年以来，首都改善大气环境、治理汽车废气的势头颇劲，报刊文章也做了不少报道。甚是喜人；但对同属城市主要污染源的噪声（工业、建设、生活等方面的噪声），似还触动不多，在下以为对此亦不可忽略不计。

长期以来，如同为有害气体所苦一样，城镇居民受噪声之扰也已久矣。街道上川流不息的马达轰鸣声本已不绝于耳，此起彼伏的按喇叭和踩刹车的尖厉之声更令人悚然心惊。警车、银行运钞车及其他"特种车辆"，即使并非执行"紧急任务"也一路乱鸣警笛呼啸而过。居民楼下停车场上，汽车警报器动辄即响，一遇雷雨更响成一片。再加上建筑工地施工的机器轰隆、哨子声儿；邻居装修房间的凿壁穿墙，电钻刺耳；以及雅好音乐者的卡拉OK、率尔操琴、"夜半歌声"……如此这般组成的"城市交响曲"，直令你日夜不宁，寝食不安，无处逃遁。

常说噪声污染也是公害，究竟害在何处?《辞海》"噪声"条释曰，"不同频率和强度的声音，无规律地组合在一起造成对人和环境的影响"，即为"噪声污染"。它扰乱人们的休息和工作，损伤人的听觉，严重者可致耳聋，诱发疾病。中科院声学所一项调查表明，住在70分贝处的居民有 59.6% 主诉有头昏、头痛、食欲下降等症状，生活在 80 分贝处者有上述症状的高达 91%，持续的高噪声使人的内耳膜毛细胞受损而致聋。而且噪声强度每升高 5 分贝，人患高血压的概率即增加 20% 并由此诱发动脉硬化症与心脑血管病。在 90 分贝环境中工作 4 小时即可造成体内维生素 B1 和维生素 C 的减少而损及人的视力。

噪声还会使人过早衰老，而周围噪声达到175分贝以上竟能使人顷刻毙命。

噪声污染的危害，尤其是对人身健康的伤害如斯，该是确凿无疑了吧？然而时至今日，尽管我们也颁有《噪声污染防治法》，但仍有不少人对此采取"不承认主义"。在他们的法治意识中，似乎只有行凶、杀人、放火、投毒才叫"伤害"，至于噪声污染（有人连"污染"也未必承认），来无影，去无踪，"伤"在哪里？又没有人对你拳打脚踢动刀子，"害"在何处？于是对"耳熟能详"的噪声污染，受害者往往听之任之，施害者更我行我素。

可喜的是，一年前一条新闻，给予我们莫大的希望。郑州市花园路15号院的居民，曾连续3年遭受附近一建设单位日夜施工噪声超标的伤害，致使该院老人死亡率比正常年份高出3倍，许多老年人病情加重。在整整3年中，该院18位居民以维护自身合法权益的执着，加以执法者的公正和坚定，终于通过诉讼途径，讨到了"说法"，使每人获得4 000元噪声伤害的赔偿。区区4 000元赔偿金，仅可聊补18位居民饱受噪声之害的身心，但它所昭示的曙光却是对噪声污染受害者的福音，对施害者的警示，对人们法治意识的矫正与增强。

在下诉诸笔墨考证噪声害人一事无非是企盼噪声不再害人，一旦受了害，则理当讨个说法，就像上述18位居民那样，勇敢地拿起法律武器来捍卫自己的权益。当然更企盼能像治理空气污染那样，切实贯彻执行《噪声污染防治法》，也下一番力气治治噪声污染，以还广大市民一份宁静的空间。倘若我们朝着这个方向前进，那我们的生活质量自然就会大为改观。反正我是作如是观的。

1999年第7期

最怕得的是"思想病"

陆士华

现在，人们越来越清楚"法轮功"到底是怎么回事了。"法轮功"这个邪教组织图财害命和反社会反人民的犯罪事实，令人震惊和愤怒。通过各种媒体对"法轮功"及其组织的揭露，过去曾练习过"法轮功"的成员，也纷纷觉悟，与其划清界限，站到正确的立场上来。对于一般因病练功而误入歧途的人，有一条教训是深刻的，就是身体生了病并不可怕，可怕的是思想生病。

这么说并不意味着我们不在乎身体得任何病，而是说不管得了什么病都应该实事求是地去对待它。人难免会生病，不管怎样，对待疾病的态度，就是不能怕，不能烦，不能悲观失望，要用良好的心理状态去承载它。小病不用说，即使是得了大病、重病，我们也要相信科学，相信医学，积极治疗，配合治疗。这本是很普通的道理，但是，在实际生活中，这一点却不是人人都能做到的。有些人在生病之后，一病百病，身体虚了、垮了，思想也打了蔫儿，更严重的是心灰意懒甚至悲观厌世。这样的身心状态，不但无助于治疗，反而会恶化疾病。

更值得人们警惕的是，由身体疾病而带来的"思想病"，很容易并发思想恶疾。李洪志不就是利用一些人的"思想病"来兴风作浪的吗？你意志消沉、悲观失望了，他就宣扬"世界末日"，在劫难逃，大家都得完蛋；你缺乏信心、怀疑医学了，他就欺骗说"不打针，不吃药"，得靠他那个"法轮"显灵。由于有"思想病"，这样的邪教，就容易乘虚而入登堂入室。大量被李洪志欺蒙而深受其害的人，都以他们的受害事实说明了这一点儿。"黄鼠狼专咬病鸭子"，如果不是自身思想上先有了病，就不可能钻进李洪志之类的圈套。这是个教训。一旦人们看不清楚正路，歪门邪道就显得四通八达起来，走下去，必会掉进陷阱。

记得吴运铎说过："治病也应该讲点儿精神，要顽强，要乐观。这不仅是对自己负责任，更重要的是对党对人民负责。一个人，他只要具有一个终身为共产主义而献身的崇高生活目的，并在任何时候都无限忠诚于这个目的，只要他没有私心，处处为人民为共产主义事业着想，他就能成为一个真正的人，他就能经得起任何困难和任何风暴考验，他就可成为一个不可战胜的人。"吴运铎以自己的实际行动，曾经激励了几代人。作为一个病人，尤其是作为一名党员或党员干部的病人，都应该从这句话中汲取精神力量，努力在疾病面前，在"任何困难和任何风暴"面前，成为"一个不可战胜的人"。

生什么病也别让思想生了病。

1999 年第 12 期

领导应是文章手

李建永

做得一手好文章，未必能当一个好领导；但是，作为一个好领导，则应该具备做得一手好文章的本领。历史上一些杰出的领导者多有杰出的文章传世。曹操的《让县自明本志令》、诸葛亮的《出师表》、魏徵的《谏太宗十思疏》以及韩柳、"三苏"、范仲淹、王安石、文天祥等人和他们的文章，均是好领导与好文章相结合的典范。而毛泽东、周恩来等同志，更是这种典范中的杰出典范。

魏文帝曹丕在《典论·论文》中提出："盖文章，经国之大业，不朽之盛事。"为什么呢？他认为人的一生匆促短暂，唯文章可以不朽。今天看来，这个理由当然不够充分；但"经国之大业，不朽之盛事"的命题，仍然能够深入人心。封建时代的科举制度，以一篇文章定乾坤，这倒并不错在"以文章取仕"，而是错在"唯文章取仕"和"取仕文章的八股化"。我们今天考察领导干部，以革命化、年轻化、知识化、专业化为方针，这无疑是十分正确的。不过，在"知识化"这一条里面，会写文章该是题中应有之义吧？强调领导干部写文章，不仅可以克服那些在会上宣读由秘书起草的讲话稿的官僚主义作风，而且，以精练生动的文章来代替"会"无巨细均冗长拖沓的"八股腔"式的讲话，本身就是一种积极的工作方法。

要求领导干部写文章，是不是一种苛求呢？不仅不是，简直可以说是一种起码的要求。现在的各级领导班子里极少有"大老粗"，而且好多人都具有大学学历，在文化准备上已不存在太大的障碍。写文章是在整理思想，无非把头脑中的分析、综合、归纳、演绎之类的思维活动搬到纸面上来，并加以形象化。只要想得清楚，就不难写清楚；如果连想都想不清楚，岂不成了"头脑可笑"的武大郎了吗？还谈什么当领导、写文章呢？要而言之，写文章最关键的是言之有物。俗话说，"无官一身轻"，可见这有"官"就难免"一身重"了。领导者全身心都装着上自国计下至民生的大大小小的事情，写起文章来还愁没有"物"吗？剩下来的托词大概就是忙了。只是不知有谁敢站出来宣称他比毛泽东、周恩来还要忙呢？而毛泽东、周恩来的文章却并没有少写。

荀子说过："口能言之，身能行之，国宝也；口不能言，身能行之，国器也；口能言之，身不能行，国用也。"文为言录，这是自然成理的逻辑。当前，在进一步深化改革，扩大开放，集中精力发展经济的形势下，对领导干部必然要有更新更高的要求。因而，对于"口能言之，身能行之"的"国宝"式的干部的需要，就显得愈加迫切、强烈。不能设想，一个领导干部对下情不熟悉，思想没条理，讲话乏趣味，却能在群众中成功地进行组织、宣传工作；更不能设想，他能说服一班人，统一思想认识，顺利决策并付诸实施。事实证明，坚持经常写文章，不仅可以促使领导干部认真看书学习，开动思想机器，钻研实际问题，还可以加强领导艺术，改进思想作风，提高工作效率。似此一石数鸟之举，何乐而不为呢？

你想做一个优秀的领导者，那就请首先自己动手写写文章吧！

2000 年第 2 期

人民需要"这样的人"

盛大林

沈阳市原市长慕绥新的脾气现在想必好多了，但以前坐在宝座上的慕市长确实"横"名远扬，公开场合训斥下属也是"你他妈的"挂在嘴边，那腔调活像是黑社会的老大，对人大代表他也是一派比"老大"还大的做派。只是并非所有人都买他的账，就有那么一位人大代表不怕横，向他提出了"市长应管好自己的配偶亲属"等意见，并两次在政府工作报告表决时投了反对票。这下可惹恼了慕市长，他恶狠狠地说："怎能让这样的人当市人大常委会委员？"

监督政府及其工作人员是宪法赋予人大代表的神圣权利，给人民公仆提意见也是人大代表的职责，这样的人怎么就不能当人大常委会委员？说出那样的话，一方面是因为慕的蛮横和无知，另一方面也是因为"这样的人"太少——如果"这样的人"多一些，慕绥新怎么能当上市长、省长，怎么可能在副省级高位上一坐多年。

慕的很多劣迹几乎是"秃子头上的虱子"——明摆着。1998 年，沈阳市承办"亚洲体育节"，沈阳一家企业出资 3 000 万元买下冠名权，而具体承办这个冠名权业务的，就是"慕公主"当头的一家广告公司，辽沈广告界一片哗然，对此，沈阳的众多人大代表都无人知道吗？如果知道，为何没人对慕进行监督？沈阳市城市建设搞"亮化工程"，其中相当一部分工程包给了"慕公主"，慕前妻任职的一家上市公司也屡屡露出问题，沈阳的人大代表都一无所知吗？如果知道，为何提出"市长要管好自己的配偶亲属"意见的人大代表只有一位？1998 年，慕邀请一批香港记者到沈阳采访，他接见记者时穿的一身名牌行头就值数万元，香港记者啧啧称奇，并在报道中暗示其可能是个贪官，记者见一面就能"嗅"出的问题，沈阳的人大代表难道无人发现吗？

我相信，沈阳的很多人大代表对慕的问题是早就有发觉的。然而，或是慑于慕的权势，或是顾及政府的形象，或是淡忘了自己的神圣职责和权利，或是习惯于举手投赞成票……于是，最终只有一个人挺身而出，只可惜势单力薄、孤掌难鸣，以致慕大市长根本不把"这样的人"放在眼里。

惨痛的教训一定教训了沈阳市的人大代表，他们终于站出来说话了。在今年2月举行的沈阳市人大会议上，代表们向市政府提出了两大质询案，在对市中级法院的工作报告进行表决时，与会的400多名代表中有160多人投了反对票，还有82人投了弃权票，结果法院的工作报告因赞成票未过半数而未被通过，法院院长不久也被撤职，这在中国人大历史上首开先河，让国人终于领略到了最高权力机关的威力。

更加令人振奋的是，敢于说不的"这样的人"在全国越来越多。在广东，质询案早成寻常之事。其他省市人大代表的质询也日渐增多。这是民主的声音，这是国家的希望。

贪官讨厌"这样的人"，人民需要"这样的人"。

2001年第9期

给子孙后代留下什么？

王景山

为子孙后代着想，是人之常情。但要给后代留下什么，不同时代不同地位不同的人，却有不同的回答。

皇帝老儿要留给子孙以万世基业，公侯将相要留给子孙以勋名爵位，地主老财要留给子孙以田地庄园，资本家要留给子孙以公司股票……然而，老话说得好，"君子之泽，五世而斩"，他们虽然显赫一时，却往往都难逃事与愿违的命运。而且他们的这种种愿望，和一般老百姓又有什么关系，能给一般老百姓带来什么呢？

旧时较清高的读书人包括一些洁身自好的士大夫，则讲求"忠厚传家，诗书继世"，想把自己的道德文章传诸后代。然不肖子孙却多。

真正的革命者就有所不同了。像《红灯记》里的李玉和，是把红灯作为传家宝留给李铁梅的。红灯象征的是革命理想，革命的智慧，革命的胆量。这虽然是人人做到最好，但却不是人人必须做到，更不是人人能够或容易做到的。

我思虑再三，认为不管是什么人，人人都能做到的是：通过自己的努力，争取留给子孙后代一个比较干净的自然环境和一个比较美好的人文环境。

1947年夏天，我从昆明来到北京，当时还叫北平。尽管抗战胜利才两年，又是在国民党的统治之下，但北平当年的自然环境和人文环境仍然给我留下了深刻印象。大街小巷胡同几乎都是林荫道。到景山、北海，登高四望，一片绿色的海洋。这里那里点缀着一处处红色的墙，以及像航船一样的黄色琉璃瓦的屋顶。天空瓦蓝瓦蓝，有鸽群不时掠过，鸽哨不时发出悦耳的声音。树梢有蝉鸣，真使人产生一种"蝉噪林逾静"的感觉。这当然和那时的北平并非工业城市大有关系。北京从来就是个教育的城，文化的城，因此它的人文环境也是令人羡慕的。讲文明，讲礼貌，邻里互助，互敬互让，好像已经成为北京人的天性。这是多少年代形成并留下的好传统。

我于是想，留给我们的子孙后代一片蓝天，一块净土，一个无污染或少污染的环境，留给我们的子孙后代一个互相关心、互相爱护、互相帮助的温馨或比较温馨的人文环境，应该是可能的，现在看更是必要的。走在路上，少吐一口痰，少吸一支烟，少扔一点废弃物；乘公交车，主动把座位让给老弱病残孕；在外旅游，对名胜古迹树木花草公共设施多一点爱心；处理人际关系，能帮人处就帮人，得理不要不饶人，别把吵嘴打架当作家常便饭；少为一己打算，多为别人着想，将心比心，己所不欲，勿施于人；多读书，读好书……以上种种，诸如此类，是人人都可以做到的，不过举手之劳，且于人有益，于己无损，甚至是人我两利，所谓与人方便，与己方便，何乐而不为？

大家都从这些日常小事做起，养成好习惯，形成好风气，一代一代发扬光大，使之成为我们的传家宝，那么，留给我们子孙后代的就可能是一个山清水秀、天高气爽的自然环境，和一个重文化、讲道德的人文环境。这比留给子孙后代什么都好，什么都强呀！

2001 年第 10 期

"套话"举隅

杨洪立

A."在××重视关心下，在××指导帮助下，在××支持配合下，在××××共同努力下……"这是写总结、做报告、起草文件等开头常用的句子，人称"几下子"，最多者可达六七"下"。

这些"下"也许说的是实情，但确实也是地道的废话。你是下级单位，上级领导当然有责任关心重视、指导帮助，不在其下莫非在其上乎？一个单位的工作不是孤立的，当然离不开左邻右舍的支持配合，更离不开全体人员的共同努力，这也不言而喻。但是，废话还得说，套话还得套。不说，难免有不尊上、态度不谦虚、不注意方方面面关系之嫌，甚至可能给人一种不懂规矩、不会说话、没有领导风度和领导艺术的错觉，如此岂非过莫大焉！所以这"几下子"，还要长久流传，继续"下"去的。

B."对××问题，党委和领导高度重视"，重视且高度，可见够重视的了。这也是写报告、做汇报不可或缺的词，更是总结经验必须写上的一条。

按说这也没什么不对，不论做什么工作，没有各级领导的高度重视，肯定搞不好。但若将这句话说得过多过滥，也就变了味儿。特别是用这句话来吹捧领导，将成绩一概往领导身上堆，或者为领导掩饰过失，则更不可取。比如，有的地方发生了严重责任事故或人为灾祸，造成人员伤亡，财产受损，但在向上面报告时，总要先写当地领导如何高度重视，抢救善后工作多么及时有力，一场悲剧就此变成喜剧。这难免让人生疑：事故发生前你重视了没有？若没重视便是失职，若重视了却又发生问题，该如何解释？

C."由于受社会上腐朽思想和不良风气的影响……"这是在分析问题和深挖思想根源时常说的一句套话。

问题是，党政机关这么说，企事业单位这么说，学校这么说，部队这么说，但凡有单位的都可以这么说，那就不能不让人提出这样的问题：社会到底在哪里？谁才是社会？难道只有个体户、无业人员是社会？其他统统不是社会或不是社会的组成部分？"社会影响说"是句套话，更是典型的外因论，是不应作为理由、不必常挂嘴边、不可都去照套的。

D."法网恢恢，疏而不漏"，此乃有关法制宣传中常常引用的古语。就某个具体案件来说，由于罪犯落网了，可以这样说。在总体上，从作案者的必然下场和群众的心愿来讲，也可以这么认为。但实际上，"疏而有漏"的情况很是不少。要不然，怎么会有那么多案子长期侦破不了，又为什么会有那么多冤假错案发生，使罪犯漏网，无辜者蒙冤！这不是疏而有漏吗？此外还有多少贪污受贿犯没有暴露，或有人举报因有"关系网"而查不下去？看来不堵住法网本身的漏洞，或法网打不破"关系网"，那么这"疏而有漏"的事情还不会少。所以，在报道案件时，用不着都引用这句古语的。

2002 年第 1 期

一年读了多少书？

汪金友

根据去年全年的图书销售情况，前一阵子北京图书大厦搞了个"2001年社科类畅销书回顾展"，把销售量排在前100名的畅销书逐一做了简介和销售阅读情况统计。看到这个回顾展，每个前来购书的人都忍不住停下脚步，看看哪些书在畅销，想想自己读过其中哪几本，又有什么印象和感悟。

为此，《中华读书报》的记者写了一篇文章，题目叫：《2001年，我们读了哪些书？》这真是个有趣的话题，我们每个人的确都应该问问自己："过去的一年，你都读了哪些书，读了多少书？"

读过《穷爸爸，富爸爸》吗？这可是高居畅销书排行榜榜首的一本书。虽然它崇尚的全是"富爸爸"的理念，但那位"富爸爸"说的许多话，确实能给人以耳目一新的感觉。

读过《谁动了我的奶酪？》吗？这本书，可是在全世界发行了2 000万册哟！此书告诉人们，无论是害怕变化还是喜欢变化，变化都无时无处不在。

读过《哈利·波特》吗？据说，在同名电影和春节礼品书的促销中，该书的销量在我国已近400万册，它以出人意料的幻想吸引了孩子乃至一部分大人的注意力。

报上有人说，如今只要是认字的人，没有不知道这几本书的。可是我曾问过许多人读过这几本书吗，80%以上的人都摇头。再问去年读过多少书，有人说读过两三本，也有人做茫然状，因为过去的一年，他们没有读过一本书。

　　有的是因为没有钱而不读书。一本书，动辄二三十元甚至五六十元上百元，抵全家一个月的油盐酱醋钱，谁买得起呀？没钱买书，当然也就不去读书了。

　　有的是因为没有时间而不读书。或工人，或农民，一天到晚，累个贼死，哪还有读书的雅兴？机关干部呢？不少人又是开会，又是应酬，就更没那"闲工夫"。

　　也有的人不读书，是因为缺乏对书的兴趣。他们看到周围一些不读书、不看报的人发了财，升了官，心里很不平衡，以致说出这样的话："读书能当饭吃吗？能当钱花吗？能当官做吗？看人家某某，平常一本书都不读，还不是照样有钱花，照样有酒喝，照样有官当，照样有车坐？"

　　这种"成功的经验"一经传播，就使浮躁和急功近利之风到处弥漫。不读书的人，庆幸自己没有在书本上浪费"青春"；喜欢读书的人，就可能对自己的选择产生怀疑和动摇。

　　书是不会白读的。交换一个苹果，各得一个苹果；交换一种思想，各得两种思想。每认真读一本书，都会汲取一种思想，增加一分力量。一个拥有丰富知识和精神财富的人，一辈子都会活得充实，自信，高尚。而靠投机钻营，虽然也能达到某种个人目的，但能让人信服吗？能长久吗？

　　培根曾经说过："狡诈者轻鄙学问，愚鲁者羡慕学问，聪明者则运用学问。"尽管有狡诈者在轻鄙，但我们还是应该坚定读书的信念，并经常告诫和提醒自己：一年读了多少书？

2002 年第 5 期

不敢恭维的"跃进"

李 俭

有一种"跃进"笔者不敢恭维。

什么"跃进"？学位上的"博士跃进"。

据报道，目前，我国在读博士生人数已经达到 12 万人，仅次于美国和德国。这个数字还不够惊人，按有关部门的规划，用不了 7 年，到 2010 年，中国每年授予博士学位的人数将达到 5 万人，跃居世界第一位。

博士博士，顾名思义，就是学识渊博之士。按理说，每年增加这么多的学识渊博之士，对我们这个依靠科教兴国、人才紧缺的中华民族来说，应该是一件幸事。可我却心有所忧。

众所周知，一个国家博士的产量是和自己民族教育整体水平、全民文化素质紧密联系的。而我们国家目前的现状，与欧美一些教育发达国家相比，差距还不小，甚至连印度都还赶不上，却在博士的产量上"大跃进"，其基础何在？

博士产量超出常规地高速增长，人们就有理由怀疑它的质量。如同 20 世纪 50 年代末那场全国各地大炼钢铁炼不出好钢一样，这"博士跃进"，极有可能是放宽标准、降低质量、掺杂使假而来。当年"大跃进"年代炼出的钢不能盖楼房，如今"跃进"出来的博士岂能扛大梁？据知情者介绍，从前，一个博士生导师只带两三个博士，现在多的时候，竟带 20 个，每人每天只能受其指导几分钟。如此下去，岂不堪忧？要知道，这样带出的博士有许多还要任老师、当博导，往后的博士又该是怎样的一代又一代？

更有甚者，有些企业的厂长、经理，党政机关的公务员已经能够

"采购"到"博士"头衔。原本大专文化，没过几年，竟然在名片上赫然印有了"××大学××××博士"的光环。一个本该寒窗苦读20多载、一路过关斩将竞争淘汰出来的高级学位，就这样轻易获得，真真是让博士大贬其值啊！

学术的价值，在于只能自身修炼而不能买卖；学位的宝贵，也在于只能自身博学而不能采购、赐予。靠权钱易之抑或是师生袍泽、私相授受得来的"博士"，它究竟象征什么？知其底细者，又该做何评价呢？

缺乏根基的博士"跃进"，会带来很大的社会危害：对国民教育学位资源的揠苗助长，此其一；对真正博士们造成极大的社会不公，此其二；对学位的社会信誉造成严重贬损，此其三；对社会对人才的使用造成误导，此其四。危害如此之烈，我们切不可小视。

全面建设小康社会的中国的确太需要具有高等学位的人才了。我们需要更多的博士，也很尊重博士，但这博士必须是博学多才、名副其实的博士。社会的有关方面，特别是教育部门，理应通过种种努力培养这样高质量的博士，而不该盲目去追求什么博士的数量。

2003 年第 10 期

己饥己溺与亲民为民

吕祖荫

远古时代，中华大地曾有过一次洪水泛滥。古人形容其为"汤汤洪水方割（割乃为害之意），荡荡怀山襄陵，浩浩滔天"。面对洪水，老百姓到处逃生，甚至爬到树上，苟延残喘，等待救援。当时的圣君尧，就命大家推荐的鲧治水。鲧奉命治水，兢兢业业，用堙的办法堵水，据说还从天上偷来能不断生长的息壤堙水，可水不但没被堙住，反倒越来越凶。老百姓的痛苦未见减轻，且日益加重。尧一怒之下，把鲧殛于羽山，命鲧的儿子禹接着治水。禹临危受命，有人私下劝他，说你阿爸治水不成被处死了，你还是不要接受这个任务，免得走上你阿爸的不归之路。禹尽管心里因阿爸被处死十分伤痛，但面对着溺水灾民求救的悲啼，还是毅然决然地走上治水之路。为了治水，大禹劳身焦思，陆行乘车，水行乘舟，泥行乘橇，居外十三年过家门而不入，连自己的亲生儿子都没见过。禹一改鲧堙堵为疏导的办法，把九河之水导向大海，取得治水的胜利，成为后世称颂感念的圣人。

与禹同时，还有一个为后世称颂的人，那就是尧舜时代的农官、周代的祖先后稷。他懂得种稷种麦，教民稼穑。在禹治水时，曾协助禹调有余、补不足，帮助解决灾民的粮食问题。稷看到老百姓饥饿之苦，心里受不了，就急着帮助他们。后来的孟子总结了稷禹救民苦难的精神，说："禹思天下有溺者，由己溺之也；稷思天下有饥者，由己饥之也。是以如是其急也。"这就是所谓己饥己溺的精神。

应该说，这种精神在中华民族历史上是薪火相传，不绝如缕的。古之圣君贤相、志士仁人，大都有点这种精神。所谓吊民伐罪、解民倒悬、救民于水火之中，都是这种精神的体现。范仲淹在《岳阳楼》记中说，"先天下之忧而忧，后天下之乐而乐"，也和这种精神相近。但也有众多的封建统治者与这种精神绝缘。他们高居于老百姓之上，置民众的喜怒哀乐疾苦困厄于不顾，把自己的欢乐奢靡建立在老百姓的痛苦之上，结果逼得老百姓不得不起来造反。

唐代的杜甫，面对唐由盛而衰时的"鞭挞其夫家，聚敛贡城阙"、"朱门酒肉臭，路有冻死骨"的现实，曾发出"致君尧舜上，再使风俗淳"的愿望，自己"许身一何愚，窃比稷与契"（契也是和禹一起治水的人）。杜甫对老百姓的疾苦十分关心，做到了"穷年忧黎元，叹息肠内热"。杜甫写的三吏三别、《蚕谷行》等诗，饱含着对老百姓的感情。梁启超称他为"情圣"，是十分确当的。这个"情"字十分重要。当年共产党与国民党的不同，其根源就在于对老百姓的有情与无情，就在于是否有己饥己溺之情。共产党有"情"，救民于水火；国民党无"情"，置民于水火。我们党倡导亲民为民，这个己饥己溺之情更显重要。情为民所系，才有亲民为民的动力。中世纪的意大利诗人但丁在《神曲》里写道："是爱也，动太阳而移群星。"爱也就是情，是可以动太阳而移群星的。六千多万共产党员，特别是党的各级干部，如果都对老百姓有己饥己溺之情，那将为老百姓解除多少痛苦，带来何等的幸福？可令人担忧气愤的是，这些年，腐败分子是情为钱所系，为奢靡的腐朽生活所系，干了许多坏事；还有一些官员，则是为与个人升迁有关的所谓形象工程、政绩工程所系，置老百姓的困难、忧患、痛苦于不顾。这样于人民无情薄情的人，是不可能真正做到亲民为民的。嘴上说说可以，实际上办不到。你对老百姓无情，老百姓就会对你无情。真到这份境地，情况就有些不妙，按毛泽东的话说，是会唱"霸王别姬"的。

2004 年第 6 期

乐当配角是大智慧

瓜　田

近读方蕤女士写王蒙的一本书，生发出一点感想来。

1979 年 6 月，王蒙夫妇从新疆回到北京。方蕤的一位同学问她："你到新疆，一去就是十六年，怎么样，有什么收获？"方蕤兴致勃勃地介绍起来："收获可大了：第一，王蒙学会了维吾尔语；第二，深入了基层，和维吾尔族农民打成一片，交了许多朋友，写作有了深厚的生活底子；第三，'文化大革命'期间我们处于少数民族地区，又是边陲，那里简直是一座避风港，在关键时刻，被善良的维吾尔族农民保护起来了……"孰料这滔滔不绝的回答，并不能令同学满意。"我问的是你，是你自己怎么样？"同学穷追不舍。方蕤愣住了，她写道："蓦地，我哑口无言，窘迫得无地自容。"

于是，方蕤开始寻找自己。是啊，她在哪里呢？她终于找到了：她在王蒙的生活中，在王蒙的梦中，在王蒙的写作中，在王蒙的一切活动领域中，在王蒙多变的时空中……她说："与其说，我消融在岁月中，不如说是我消融在王蒙的魂灵里。……自我和王蒙结婚以来，不由己地，我的心是想着他的，我的目光是看着他的，我做的事是为着他……但我愿意这样做，只要对他的写作有益，我绝不吝惜付出一切代价。其实这也不值得一提，而且我和王蒙从来没讨论过什么谁付出多寡或谁得到什么。那本是我的意愿。"

世上的每一个人，也不管是多大的天才，他的精力和时间都为一个常数，能够准确计算出来，如果什么领域都想染指，势必就会"样样通，样样松"，当时可能挺热闹，过后看，多半一事无成。钱锺书和陈寅恪都堪称大才，但他们从不旁骛自己陌生的领域。他们俩均有"怠慢"当时的政治人物、政治活动的有趣故事。"杂交水稻之父"袁隆平一头钻进杂交水稻的科研之中，"不知有汉，何论魏晋"，竟然在"文化大革命"中说出"'八字宪法'中缺了一个'时'字"这样的话来。有人提醒他：这是毛主席说的。他冒出一句更加"大逆不道"、惊世骇俗的话来："毛主席不是学农的！"袁隆平正因为专注杂交水稻的发明创造，所以才搞出了大成就。作家也罢，学者也罢，最忌琐务缠身。很难设想，王蒙既生炉子又买菜做饭，还洗衣服打扫房间，或者去找修理工通通下水道，带猫狗到宠物医院去看病，而他的写作丝毫不受影响。

可以说，方蕤对此是有清醒认识的。于是她甘当配角，主动做出牺牲，放弃一部分自己的事业追求，成全王蒙的创作活动，使王蒙成为大作家。事实证明，方蕤选择对了。她把琐务都揽到自己身上，这就为王蒙的创作营造了一个好的客观环境，有利他形成一个良好的创作心态。换句话说，王蒙能够安心创作，成为深受社会欢迎的著名作家，与她的奉献和牺牲断不可分。应该讲，王蒙的"军功章"里有王蒙的一半也有了她的一半。

在事业的拼搏中，许多人都愿当主角，不喜欢当配角。其实，你仔细看看就会发现，社会的各个领域，各个专业，主角总是少数，大部分人是配角。所谓"团队精神"，其中重要的一条就是看你会不会审时度势，陈力而就列。有勇气承认自己是配角，并积极地做好配角，其实是大智慧。在现代社会，一个人能搞成事业的可能性已越来越小，越大的事情越要许多人通力合作。于是乎，懂得当配角的学问也就越来越重要了。

2005 年第 1 期

真学习与假学习

蒋元明

一位中央领导下去搞调查研究，地方干部陪同，一路上听到的介绍是下面都在学习党的十六大文件，而且已经在贯彻落实。随后，在一个相当级别的干部座谈会上，中央领导就问大家党的十六大文件学习了没有？大家回答说，都学了。再问执政党要提高"五种执政能力"都知道吗？回答说，都知道！又问，具体是提高哪五种能力？没人回答了。中央领导启发说，知道一种也行，还是没人吭声。这位中央领导很感慨地说：看来还得认真学习呀。

众所周知，我们每次重大会议之后，都有一个学习贯彻的问题。如果从报纸上、电视上看，反映全是好的。但实际情况呢，许多地方只停留在口头上，表表态，喊喊口号，应付了事。这次保持共产党员先进性教育活动，中央高度重视，担心走过场，就派出了"督导组"，每一阶段，每一个环节都要检查验收，不过关就得补课。学习中要求记笔记，写小结，还要抽查，一抓到底。相信有这样一些强制性的措施，情况会好一些。不过，真学还是假学，关键还要看自觉性。如果没有从思想上真正提高认识，变被动学为主动学，变应付差事为真抓真学，即使再督导，照样会流于形式。君不见，少数地方，不就把先进性教育，变成了集体旅游、集体休闲，笔记可以抄，小结可以复制粘贴，花了时间，花了财力，热热闹闹、认认真真地在走过场吗？

其实，学习的动力来源于需要。现在普通人学习、"充电"的积极性很高，各种专业补习班、进修班相当吃香，原因是就业的需要、找工作的需要。在外企工作的更要不断学习，因为竞争激烈，一旦跟不上，就有可能丢饭碗，这样的学习不用督促检查也会认真。

按说我们的干部更需要学习，否则很难做好工作。可为什么我们有些干部并不真学呢？因为不学习照样能做官，甚至还混得不错。像当过省委组织部副部长、部长、省政协主席的韩桂芝，一边卖官捞钱，一边升官，她除了钱还信仰什么共产主义、马列主义，还学什么"三个代表"？可如果不暴露，说不定还能高升。最近被判死缓的前北京市交通局副局长、首都公路发展有限公司党委书记毕玉玺，贪污上千万元，没露馅的时候，也很难说是在真学习，否则他就走不到这种地步了。不过，他们平时总是要说学习多么多么重要，一个重要会议精神下来，没真学也会说认真学了，在做个人总结时，也不忘说自己很重视学习，当然，这都是在作假。

这些年，随着干部人事制度改革的深化，干部考核制度日臻完善，但有些部门单位贯彻执行得并不到位，考核在一定程度上流于形式，干部在考核面前很容易过关，素质低并不妨碍继续戴着乌纱帽，所以学不学习也无关紧要。别看他们经常把"认真学习"挂在嘴边，那只不过是说给别人听、说给上面听的假话而已。

看来，学习，有真假之分，假学习中还有认认真真的假学习。比如林彪装模作样捧读毛主席著作的照片发表不久，这个"认真学习"的典范就爆炸了，让全国人民大吃一惊。可悲的是，现实生活中，这样的假学习常常被误以为是真学习，并且假学习的人还能官运亨通，这是很值得我们警惕的。

2005 年第 8 期

礼赞淡泊宁静

隋喜文

读中学时，便背熟了诸葛亮《诫子书》中的名句："夫君子之行，静以修身，俭以养德。非淡泊无以明志，非宁静无以致远。"当时并没有体会到其中的意味。只是在多年后的今天，才领悟到其中蕴含的深邃哲理。

在普遍贫穷和吃大锅饭的年代，淡泊宁静可以说是人之常态。然而在市场经济繁荣的今日，面对商品的海洋和疯狂追求物质享受的喧嚣扰攘，面对"红尘呀滚滚，痴痴呀情深"的诱惑以及无孔不入的糖弹袭击，人们守住淡泊宁静，耐得住寂寞，谈何容易，又多么可贵可敬！

淡泊不是平庸，宁静孕育辉煌。一时的大红大紫、突如其来的尘世喧嚣，只是留不住的景观，不变的淡泊宁静才是永久的圣殿。古今历史昭示，只有在淡泊宁静的磨砺中，人之心胸才能豁达宽广，人之猛志才能长存不溺。淡泊宁静给人以抚慰、净化，令人潜下心来，腾出时间，埋头苦干，心无旁骛地去登攀。古今中外无数大政治家、思想家、科学家，都是在淡泊宁静中实现其伟大志向和奋斗目标的。大科学家苏步青、黄昆逝世后，很多人不知道他们是谁。但正是由于人们不知道他们是谁，才愈发衬托出他们淡泊宁静孕育辉煌之伟岸。写过 3 000 多首歌词的"词坛泰斗"乔羽，以"百年心事归平淡"抒怀明志，一生严守淡泊宁静之道，精心创作，不为金钱粗制滥造，所以作品魅力无穷，久唱不衰。反观当今乐坛，可谓写歌者众，但鲜有百姓喜闻乐见的作品广为传唱。究其原因，真正蹽下心认真搞创作的不多，为了捞钱搞急就章的不少。如此这般，焉能出佳作精品？

前不久听说有教授接受采访要收费，这大约也是不甘淡泊宁静的表现。对于知识分子来说，过去那种羞于提钱的做法自不足取，但凡事都讲钱同样不可取。在大众心目中，知识分子是传播知识、弘扬文化的人，应该热爱真理，追求学识，不应过分追逐名利。只有这样，知识分子的美好人格才能充分体现。很可惜，现在不少知识分子名利欲望过度膨胀，变得唯名唯利起来，这是很令人担忧的。

当今之日，行淡泊宁静须抵御各种物欲的诱惑。正所谓"欲淡则心静，心静则理见"，"处身者，不为外物眩晃而动，则其心静，心静则智识明"。文明社会五千年，物质财富从来没像今天这样丰饶，人们对物质财富的占有欲也从来没有像今天这样高涨。物欲能激发人们前进的动力，也能成为跌倒的陷阱。物欲是醇酒、咖啡，但不加限制就会变成毒酒、毒药。马德、毕玉玺们就是放纵物欲而陷入万丈深渊的。因此，我们应当砥砺遏制非分物欲的真功夫，"欲而不贪"，在追求物质享受上，掌握"中和"原则，保持平衡心态。如此，方能禁得住物欲诱惑，做到淡泊宁静。

"无欲则刚"，平平淡淡才是真。为了我们这个世界更美好，为了我们的人生更美好，让我们都来礼赞淡泊宁静！

2006 年第 4 期

鸡毛、手指及其他

赵　畅

提起满汉全席，相信很多人会感到"如雷贯耳"。满汉全席起兴于清代，是宫廷和官场中举办宴会时满人与汉人合坐、集满族与汉族菜点之精华的大宴。满汉全席菜品 100 多种，分几天吃完。其取材广泛，用料精细，山珍海味无所不包。烹饪技艺亦是了得，烧烤、涮锅、扒炸、炒烧应有尽有。据说，为了尝遍各道大菜，过去吃满汉全席的王公贵族都要备上一根鸡毛，等吃不下时，就用鸡毛捅喉咙，待吐完腾空胃袋后再吃，这样才能吃完全席。

满汉全席作为中华菜系文化之集大成者，有其值得肯定的一面，但作为一种豪宴，其奢华浪费则不足取。

然而"满汉全席"的浪费，如今仍在传承。近年来在某些美食节上，"满汉全席"风光得很便是强有力佐证。据说这种"满汉全席"冷热荤素菜品极其丰富，动辄耗资几十万元，可如此美味佳肴最后大部分被倒进了垃圾桶，浪费实在惊人！

现在吃"满汉全席"还用不用鸡毛捅喉咙，笔者不详，倒是听说在别的场合有吃喝者用手指捅喉揉咙，为的是呕掉胃中之酒，以便能够应付接下来更多的劝酒。

正当的应酬喝酒，无可厚非。然而，喝那么多酒，喝了呕、呕了喝，多可惜！或许，用手指呕酒者会有自己的难言之隐，面对那种觥筹交错的情形，你想躲都难，你想不呕都不可能。在这里，我们似乎看到了"满汉全席"的浪费效应。

令人痛心的是，餐桌上的浪费远不止这些。有调查表明，普通餐馆一桌饭菜一般至少会剩下 10%，一家餐馆平均每天要倒掉 50 公斤剩饭菜。全国一年在餐桌上的浪费就高达 600 亿元！有人估计，北京的餐桌每年倒掉的菜肴价值就高达数亿元。

可惜，这餐桌上惊人的浪费，国人似乎已经习以为常，见怪不怪了。望着餐桌上的大量剩菜被服务员倒掉，有谁还会脸红？

民以食为天。能够吃得饱，这是第一要务；有条件的话，还可以讲究吃得好。吃饱，是生存；吃得好，是发展。但是，如果讲排场，讲面子，在餐桌上大行浪费，这样的"发展"就值得反思了。

减少餐桌浪费，笔者以为要进行深刻的观念变革。淡化国人对"吃"文化的过度推崇，改变国人视"吃"为社交乃至政治生活中的润滑剂的观念，克服讲面子、摆排场的畸形消费现象，树立节约用餐、适度消费的生活理念。公款吃喝是餐桌上的浪费大户，能够做到饭菜基本不动就埋单走人，有多少是掏自己的腰包？所以，治理餐桌上的浪费，必须治理公款吃喝，那种用公款大搞铺张浪费的单位和个人，不仅应当受到道义的谴责，更该受到纪律的追究。个人消费也应该合理适度。现如今，我国不少家庭已达到小康生活水平，这既得益于党和政府的政策，也是自己付出辛勤劳动换来的。人们富裕起来后，理所当然地要不断改善生活，但绝不能丢掉中华民族勤俭节约、勤俭自强的传统美德，不能盲目攀比，搞奢侈消费。众所周知，瑞士是比较富裕的，可人家那里的宾馆、餐厅都有明文规定，顾客吃多少买多少不得浪费，否则罚款。笔者以为，在构建节约型社会的今天，减少餐桌上的浪费，我们实在应该学学瑞士的做法。比如规定，一张餐桌，吃剩食物的重量超过多少，就相应加收一定比例的餐费，而且加收的餐费不给开报销凭据。或者规定，吃剩的食物不打包可以罚款，引导食客按量点菜，剩余打包，减少浪费。总之，建设节约型社会，应当从餐桌上的节约开始。

（此文略有删节）

莫让渎职犯罪逍遥法外

蒋元明

最高人民检察院副检察长王振川不久前指出，目前发现和查办渎职犯罪的数量与实际发案状况相差悬殊。也就是说，犯的多，被查处的少。另据检察机关统计，2003年以来查办的各类渎职案件给国家造成直接经济损失高达357.3亿元。如果渎职犯罪都被查办的话，那就更加了不得。

渎职犯罪何以未能"每案必究"？往往因为渎职犯罪被"工作失误"所掩护。比如，在"人非圣贤，孰能无过"的诡辩下，一些渎职犯罪，仅以"自我检讨，缴点学费，下不为例"就能蒙混过关。而打着"保护创新精神"、"维护改革积极性"旗号，以领导"批条"、兄弟单位"理解配合"等形式，想方设法干预、妨碍办案，则使一些渎职犯罪未得到应有惩处。还有的渎职犯罪在"顾全大局"、"工作需要"等说辞下被大事化小，小事化了了。君不见，面对重大安全责任事故，有些官员不就以"维护一方安定"为由，瞒报谎报，掩盖真相，轻描淡写，将渎职犯罪说成是"工作失误"吗？君不见，有关部门在某些公共危机事件中，从所谓的"大局"出发，或黯然"失语"或巧妙"回避"，贻误最佳处理时机不说，还在社会上造成不必要的恐慌，但这类事很少听说照渎职犯罪惩处了，多划归为"工作失误"了。至于说到少数警察"刑讯逼供"造成冤假错案，某些城管"暴力执法"引起公众不满，均有"好心办事"的托词，自然也从轻处治了。加之部分司法人员认为改革既然是"摸着石头过河"，有些失误在所难免，很多情况下，网开一面，"酌情处理"，也使一些渎职案件变成了所谓"工作失误"而不予法律追究了。

此外，相当多的人持有这种糊涂认识：相对于贪污腐败、钱物受贿等"赤裸裸"犯罪，渎职犯罪不直接往自己怀里揣钱，不发生明显的权钱交易，犯不着"上纲上线"，能放一码就放一码。正是在这种错误认识下，一些渎职犯罪成了漏网之鱼。其实，有些渎职犯罪，表面上看，个人是没直接拿钱，但不等于单位"小金库"没进账，比如"认证费"、"赞助费"等，用"小金库"的钱，享受"出国考察"、"名校镀金"，实惠且逍遥；或者用来发"奖金"，还不是都进了个人腰包？前不久媒体不就曝光，什么牙防组几年来为虚假牙膏广告提供质量认证，收入上千万元，一半用于20多名职工的福利待遇了。还有像"酒杯一端，政策放宽"，接受"特别款待"后，该作为的不作为，不该作为的乱作为。这些从某种程度上讲，与直接受贿本质上没什么两样，都在变着法儿"逐利"。不一样的只是，这样做，钻法律的空子，打擦边球，能躲过法律的利剑。渎职犯罪造成的经济损失、社会负面效应比之贪污腐败往往"有过之而无不及"，本来应该予以严惩，却落得个逍遥法外，实在可悲可叹。鉴于此，笔者呼吁，切不可再将渎职犯罪不当回事，别动不动就拿"工作失误"说事了。

渎职犯罪未能"每案必究"，与渎职犯罪、工作失误的概念界限不清，是非曲直难判有很大关系，这就给渎职犯罪"蒙混过关"创造了机会。为使渎职犯罪不再逍遥法外，有必要"正本清源"，对一些模棱两可的法律条款与时俱进地进行修改，罪与非罪必须予以明确澄清、准确定性。否则，办案就难以把握，不能有效打击渎职犯罪。

2007年第7期

狠刹"干部关系市场化"

任 炳

何谓"干部关系市场化"？一句话：干部交往，不论上下级还是同级，不论在工作中，还是在同学、同乡、亲友的私交中，向对方的付出是以能获得多大好处作为尺度的。在这种交往中，其手中的权力，就像一件可以用来交换的商品一样。这种交往，明显沾染了浓重的市场经济商品交换的色彩。

我们常常抨击的官场请客送礼歪风，就是"干部关系市场化"的突出表现。它把表达人与人之间纯洁友谊和亲密关系的礼尚往来，变成了一种功利性很强的"商品交换"手段。现在的请客送礼，从请吃"便饭"、食堂"加菜"，到普通宴请，再到豪华宴请；从送土特产、好烟好酒，到送家电、送礼卷、送字画、送干股、送住房、送黄金美钞，甚至送赌资、送美女，越来越升级，何以至此？一个关键原因，是在官位的竞争中，不请不送就有可能"原地不动"，又请又送才能获取"特殊关注"。在这里，请客送礼者付出的是钱物，图的是官位高升；吃请受礼者付出的是权力，获取的是一己私利。

买官卖官，更是"干部关系市场化"典型、露骨的表现。据披露，在个别地区，一些领导岗位是有或明或暗的"市场价"的。尤其当领导班子换届或"一把手"换人时，"市场化"的表现更为明显。一是"官价"会大幅波动，出现激烈的"价码"竞争。二是很快出现一批搞权钱交易的"黑中介"、"职业黄牛"，以及在谋取高位者身边，形成了专为其出谋划策的"参谋班子"。三是"广告"满天飞，有人被吹捧，有人被贬斥，与此相应，上访的、诬告的、写黑信的、贴污蔑性小广告的也暗潮涌动。

司法领域出现的"捞人"同盟，也具这种属性。所谓"捞人"同盟，是指犯罪嫌疑人或罪犯家属出资，律师或关系人做中介，通过贿赂收买贪赃枉法的公检法干部，三方结成"捞人"同盟，千方百计为被审判羁押者开脱罪行，公然践踏法律的公平与正义。这些贪赃枉法的公检法干部，扮演的就是将权力商品化、用权力谋私的角色。

对"干部关系市场化"的丑行，人们早已深恶痛绝，中央和地方也从政策、法规等方面做了明确制约的规定，采取了比较严厉的制裁措施，并积极探索从根源上消除的办法。但这一丑行依然很猖獗。一些"当局者"仍我行我素，对权钱交易乐此不疲。有的单位、部门、地区，甚至形成了无形却十分自觉的"利益共同体"、有形却难以打破的"互惠关系网"。在他们那里，选拔干部，不是按照德才兼备原则，而是以谁要官请客送礼出手大方、买官敢于花大价钱肯出血分类划线，择优提拔。在这种环境下，想干事的干部不能干事，更不敢理直气壮地干好事；想清廉不能清廉，更不敢凛凛然显示清廉。真是让人痛心不已！

之所以会这样，很重要的一条，是我们对市场经济的交换法则侵蚀干部的思想和行为、渗透到干部管理体制中缺少有效的防范和干预。诚然，我们要深化经济体制改革，发展和完善社会主义市场经济体制，但绝不能允许市场经济的交换法则侵蚀干部的思想和行为，渗透到干部管理体制中。我们的干部能否保持浩然正气、干部的选拔和使用正确与否，关系到党和国家事业的成败兴亡。因此，一定要狠刹"干部关系市场化"的歪风，教育、引导、监督干部端正自身的思想和行为，做到自觉地抵制、拒绝各种权钱交易；同时，进一步深化干部管理体制改革，以更好地贯彻德才兼备、用人唯贤、公开公平公正的干部选拔使用原则，从而保持干部队伍的先进性和纯洁性。近日欣闻国家预防腐败局挂牌成立，可喜可贺。笔者深信，有专门机构更好地琢磨这事，此股歪风怕是刮不到哪儿去了。

（此文略有删节）

2007 年第 10 期

好个民生"五有"

陈鲁民

近来，民生"五有"——学有所教、劳有所得、病有所医、老有所养、住有所居，成为人们关心、热议的一大话题。笔者与众人一样，对"五有"也神往不已。笔者长年写杂文，多为针砭时弊之作，赞歌轻易不唱。当然这并非说歌颂性杂文有何不好。不过，自从知道了民生"五有"，便怎也按捺不住内心冲动，由衷地想大大赞美一番。

赞美一，这"五有"是定心丸。民生"五有"，说到了百姓心里头，回应了群众的期盼。改革开放以来，我国各项事业蒸蒸日上，经济发展成就世人瞩目。但客观地讲，一些民生问题解决得并非很好，像上学费用昂贵、拖欠工资或压低报酬、就医又贵又难、没钱养老、买不起住房这类问题，着实困扰着一些群众。他们拥护改革开放，投身改革开放，却没有享受到应该享受到的改革开放所带来的成果。他们期待着扭转这种局面，让他们也能平等公正地分享成果，而不是成为被遗忘的人群。如今好了，党和政府把这样实在而具体的问题作为工作的奋斗目标，要让全体人民共享改革开放成果，这就使每一个群众心里都有了底，吃了一颗定心丸。从此他们知道，一部分人先富起来，那只是改革开放的初级目标，共同富裕、共享"五有"才是终极目标，广大群众必将切实分享到改革开放所带来的新成果。跟着党走，坚定不移，相信吧，房子会有的，工作会有的，保障会有的，好日子会有的……

赞美二，这"五有"是开心果。民生"五有"，让群众欢欣鼓舞，让百姓充满希望。近年来，无论是对房地产市场调控这样关系国民经济大事的高度重视，还是对肉价上涨之类社会生活"细节"的密切关注，都折射出党和政府越来越看重民生问题。特别是 2007 年，在实现经济又好又快发展的同时，党和政府在教育、就业、医疗、收入分配、社会保障、住房建设六大民生领域相继出台了一系列政策措施，让经济发展更加惠及民生，凸显了党和政府对民生的殷切关怀。有人说，民生"五有"的提出，更意味着我们已跨入民生为上时代，笔者以为这话并不过分，绝非溢美之词。对群众来说，没有什么比这更让人开心。想想自己拥挤不堪的陋室将变成宽敞明亮的房间，想想晚年的生活无忧无虑，想想得了再大的病也能医治，谁不开心啊！自然，这尚需各级干部真正秉承科学发展观，树立正确的政绩观和权力观，多干让群众开心的事，将"五有"从口号变为现实，从纸上的东西变成活生生的存在。

赞美三，这"五有"是幸福泉。提高群众的生活质量和水平，不断改善民生，是科学发展的最终目标和主线。推动经济增长，实现公平正义，促进社会和谐，最终都是为了百姓的幸福。现在人们似乎对"幸福指数"并不陌生，不过这幸福，那幸福，对很多人而言，真正的幸福是"五有"，"五有"了，人们才会感受到真真切切的幸福。连房子都没得住，病都治不起，何谈幸福哉！笔者相信，随着国力的增强，投入的增加，政策的倾斜，政府的重视，一些人上学难、就医难、住房难、就业难的问题，定能逐步得到改善，最终会让每个人脸上都绽开幸福的笑容。

赞美四，这"五有"是登天梯。奋斗需要目标，目标鼓舞斗志，目标凝聚力量。建设小康社会是我们的宏伟目标。如果将实现小康比作步入美好人间天堂，那确保民生"五有"就是上天堂的"登天梯"，我们要全力以赴修好这个"天梯"，让许许多多的人攀着它跨进小康生活。修好这个"天梯"，说起来容易做起来难。不过，相信有新一届党中央的英明领导，有以人为本的执政理念，有民生为上的决策方针，有各级干部真正想老百姓之所想、急老百姓之所急、办老百姓之所盼，大抵修好这"天梯"也难不到哪儿去。好个民生"五有"，我们翘首以盼，我们拭目以待。

2008 年第 1 期

"多难兴邦"与"实干兴邦"

齐夫贲勋

那一日，眼望温总理在灾区帐篷小学给孩子们写下"多难兴邦"这几个字，周身的热血仿佛在沸腾。总理这不单是在鼓起孩子们的勇气，也是在坚定全国人民的信念，任何困难都吓不倒中华民族，灾难后的中国在复兴的道路上将前进得更好。

多难兴邦，指多灾多难的局面，往往可以激发人们励精图治，使国家转危为安，复兴强盛起来。《左传·昭公四年》记："邻国之难，不可虞也。或多难以固其国，启其疆土；或无难以丧其国，失其守宇。"晋人刘琨《劝进表》则曰："或多难以固邦国，或殷忧以启圣明。"

古今中外有无数多难兴邦的史话。一部中华民族的历史，就是一部多难兴邦的历史。五千多年来，中华民族可谓经历了太多的灾难，但中华民族并没有衰败，如今已昂然屹立于世界。

不过，古今中外无数事实也表明，多难能兴邦，也能衰邦亡邦。古罗马帝国、波斯帝国的覆亡是为证，明朝的衰灭亦为证。明末，可谓多难，天灾人祸交替出现，一波未平，一波又起：魏忠贤的宦官集团危害社会，祸国殃民，搅得天下大乱；北方数省大旱，颗粒无收，饿殍遍野，民变蜂起；李自成起义势如燎原，如火如荼；北方努尔哈赤大军压境，虎视眈眈，咄咄逼人。其时的明王朝，如果有一个敢作为有能力的君王，如果有一个高效强有力的政府，如果有一支能打善战的军队，或许也会渡过难关，出现多难兴邦的局面。可惜，崇祯皇帝刚愎自用，志大才疏；政府腐败透顶、软弱无力；军队士气低落、缺乏训练；唯有一个可称国家栋梁的袁崇焕，还被自作聪明的崇祯皇帝杀掉了。结果，多灾多难之下的大明王朝，先衰后亡的结局就是必然的了。由此可见，多难以后不一定自然而然就会兴邦。兴邦抑或衰邦亡邦，需具备必要的条件。这必要的条件，很重要的一项是人们的实际行动如何和主观努力状况怎样。如果多难之后，人们能团结一致。上下同心、不屈不挠、坚强无畏，发挥聪明才智和创造能力，善于在灾难中学习，埋头实干，共渡险关，战胜困难，就能变坏事为好事，使国家兴盛起来。相反，如果在多难面前无所作为、怨天尤人、悲观失望、不思进取，衰邦甚至亡邦也就不可避免。从这里不难看出，多难兴邦体现的正是安危相易、祸福相倚的辩证道理。越国被吴国打败后，所以能多难兴邦，就在于越王勾践能够发奋图强，励精图治，举国上下能够团结一致，众志成城、患难与共，"十年教训，十年生聚"，二十年实干，这才创造出历史奇迹，"苦心人，天不负，卧薪尝胆，三千越甲可吞吴"，使越国成了春秋战国时一个版图最小的霸主。相反，倘若越国雄心不再，安于失败，肯定就难逃一蹶不振的结局了。

平心而论，古往今来，没有谁不希望一年四季风调雨顺、免灾免难、天下太平、四方安宁。但事情往往不以人的主观意志为转移，不想有难，各种灾难却偏偏不期而至。如今，灾难再次降临到我们头上。面对灾难，我们当以史为鉴，一方面，要高喊多难兴邦的口号，用以鼓舞士气，振奋精神，统一意志；另一方面，要记住"实干兴邦"这句话，在多难后大家都弯下腰来，拼命地实干，十二分地努力工作，坚韧不拔，自强不息，这样才能在多难与兴邦之间画上一个等号。为了这个目标，我们要像温家宝总理在地震灾区所讲的那样，昂起不屈的头颅，挺起不屈的脊梁，为了明天，充满希望地向前迈进。

（此文略有删节）

2008 年第 7 期

"醒悟"三则

任 炳

在生活中，这种现象也许并不少见：有人因某种因素的触发，思想突然发生转折，犹如一觉醒来，顿觉心明眼亮，蓦然回首，忽感天广地阔。犹如《儒林外史》中的范进，因中举兴奋过度而神经错乱，被岳丈一巴掌打得醒了过来。也似《红楼梦》中的贾宝玉，因那块"命根子"玉石丢失而突发痴呆，玉石找回后又很快恢复常态。此现象，哲学上叫认识的突变，神学上叫灵魂的回归，中医学上叫清心开窍，用现在通行的话，叫作"醒悟"。其特点：围绕名利二字者居多，常发生于有钱或有权人。笔者信手拈来三例，都是耳闻目睹的真人真事。现隐去姓名，改为甲、乙、丙三个代号，记述如下：

甲，一位暴发的山西煤老板。因财富积累过快，来钱过于容易，一时头脑发昏，腰缠万贯而不知珍惜。看到同行们纷纷来北京买房置业，他也随"风"而至，选了京西背山面水的一套独栋豪宅，一掷千万，全部现付，一口价购得产权。左顾右盼，觉得此宅与同行们所购之房比，更显赫、气派。于是洋洋自得，身心俱畅，随即雇一民工看守。时过三年，雇工在这座豪宅中娶妻生子，还开垦院中的三分地种粮种菜，生活过得富裕安详，优哉游哉。甲每年来"视察"一两次，看到房间毫发无损且清扫得干干净净，总是满意而归。一天他又来"视察"，看到阳光普照的庭院中，各种蔬菜和玉米生机盎然，新栽的果树已开始结果，庭院中心的小亭旁，雇工夫妇和刚刚蹒跚学步的孩子正在与一条小狗嬉戏，一家三口，其乐融融。这种祥和美景，不仅未引发他的欣赏兴趣，相反，却使他突然产生一种失落感，不禁扪心自问：我这安乐窝是为谁买的？三年多自己没有住过一宿，因为住宾馆更方便，也从未打算把它作为养老之所，因为山西的许多地方并不比北京郊区条件差，我买它干什么？

乙，一位民办企业家。在企业进行股份制改革中，他和共同创业的弟兄们发生了矛盾，他坚持股份的80%归己，其余由众弟兄分割。弟兄们只答应让他控股，即51%。争执不下，使一个曾艰苦奋斗、团结和谐的领导集团出现分裂迹象，严重影响了生产经营。就在矛盾将激化之际，乙突发心脏病，昏迷两天后被抢救过来，看见众弟兄守在他床边，一句有气无力但却十分中肯的话从他口中缓缓而出："改制就按你们的意见办吧！"后来，他对人说，我在"死"过一次后才明白，金钱是生不带来死不带走的东西，我已拥有上亿元财产，仍和弟兄们斤斤计较，几乎断送了珍贵的生命、共创的基业和弟兄们深厚的友情，实在太傻。如果腿一蹬眼一闭，再有钱又有何用？

丙，一位副局级贪官。他本是山区贫苦农家出身，从小养成节俭朴素、吃苦耐劳、勤奋学习的习惯，由国家资助，一直读书到大学。毕业后从农村基层工作做起，一步一步被提拔到副局级领导岗位上。而且因年轻有为，被作为部级后备干部加以培养。按道理，他应谦虚谨慎，更加严格要求自己，然而却心浮气躁，官越大越嫌小，晋升越快越嫌慢，一切言行都围绕如何尽快"上台阶"而设计，甚至不惜采用行贿手段。可钱从何来？只能受贿索贿。直到戴上手铐之后，他才目瞪口呆地说了一句："我怎么能这样呢！"审判时，他低头自责："我现在不愁吃，不愁穿，有显赫的权位，为什么还不知足呢？"

很明显，甲是从追求面子中醒来，乙是从金钱迷雾中醒来，丙是从迷恋官位中醒来。不管如何，醒来就好。不是还有一些人至今未醒吗？笔者不清楚甲后来怎么处理那所房子，也不晓得乙和弟兄们继续处得咋样，更没有丙大牢蹲得如何的消息。但知道他们这样或那样的"醒悟"，对时下那些尚未醒来者，大概不会没有提示作用吧！

2009 年第 1 期

善款也要用在刀刃上

刘绍楹

据媒体报道，某国家级贫困县在 20 世纪 90 年代中后期"普九"大潮中，建起了 76 所希望小学。然而，目前只有 18 所还在办学。另外的 58 所或卖给农民养猪、养鸡，或作为村委会办公地，或干脆废弃，任其荒芜。当年爱心人士的一份善举，如今变成了这样，实在令人痛心。这则报道引起社会各界的广泛关注，可谓一石激起千层浪。然而，更值得忧虑的是，这种现象绝非个例，在全国其他地方也或多或少地存在，有的希望小学甚至建起也就七八年便寿终正寝了。

对此，有官员给出几点冠冕堂皇的理由，如农村人口出生率回落、带子女外出打工人员增多，以及对条件差、师资弱学校进行整合以优化教育资源，等等。乍一听，确实有那么一点道理，可细一想，则漏洞多多。当年的一位捐资者就反问：农民建一个土墙房子都要住三四十年，投资颇大的希望小学怎么说撤就撤？人口的变化也不是不可预测的，很简单，数一数村里现有多少小孩，就会知道多少年之内有多少孩子上小学。

盲目建校，原因很多。既有相关部门工作随意性太强，领导"拍脑袋"决策的问题，比如"运动式"建校，为了出"政绩"拼命猛拉善款多建校，建完了又发现根本"吃不饱"，于是又忙于教育资源优化调整、撤并。也有认识偏颇、思路滞后的问题。

发现问题要及时改进，我想，除了要克服急功近利的错误做法外，还要澄清一些认识，调整一下思路，起码要修正这样两点：其一，希望小学并非越建在深山区、偏远地带越好。在城镇化和计划生育背景下，教育城镇化有优先发展的势头。随着社会的开放，穷乡僻壤的老百姓视野也逐渐开阔，努力为下一代寻找更好的教育环境，农村学生出现了比他们的父辈更提早进县城或建制镇就学的现象，加之农村人口外出打工造成生源日渐减少，教育资源合并，向县城、建制村镇集中成为必然趋势。在这样的情况下，依然死守往穷乡老林里建校的思路，显然不合时宜了。今后要顺应教育城镇化的时代潮流，在人口相对集中、各方面条件相对较好的县城、乡镇选点，而不是一味进穷乡僻壤建校。新建希望小学最起码保证十几年不被撤并。其二，在农村助学并不仅仅是建校，方式还有很多。如城镇学校敞开招生，发展城镇寄宿学校，取消入学限制，停收种种名目的"借读费"，把在乡村建设学校的硬件成本转化为直接补贴学生的软件成本，把政府拨款和善款用于对贫困生进行食宿、学费、生活费、交通费等方面的补助，比花钱建校又很快闲置合算得多。

扶贫济困，奉献爱心，捐资助学，是现代文明社会的一种重要慈善方式。作为发展中国家，我国的慈善事业起步不久，许多问题还在摸索中。但无论如何，不能让慈善捐助产生巨大浪费现象，更不能损害捐资人的一片善心。热火朝天办起来的希望小学，转眼间变成了猪圈、鸡舍或闲置无用场所，就是对捐助者爱心的一种不尊重，就是对社会公共资源极大的浪费。如果照这样使用善款，眼看着用不到该用的地方上，爱心化为泡影，谁还肯继续出资？慈善事业怎么发展？

看来，不负捐资人的一片爱心，把善款用在刀刃上，值得好好研究一番。

（此文略有删节）

2009 年第 2 期

清明节当文明过

李　下

一年一度的清明节又快到了。这使我不禁想起去年返乡扫墓时看到的不文明情景。

去年家乡清明时节，天气晴朗，草木吐绿，春意盎然，没有往年常见的"雨纷纷"，心情很舒朗。

清明当天，扫墓的车辆川流不息。我坐在车内，不时透过车窗，静静地欣赏外面的美景，十分惬意。不过，车走着走着，就被警察拦住，检查车里和后备箱，看有没有易燃易爆物品，诸如鞭炮之类，也包括给死人烧的纸钱、纸活儿——各式各样、制作考究的房子、汽车、冰箱、彩电、空调、手机，然后放行。一百多公里的路上，车被拦住七八次。这些防火安全检查绝非走过场，战果还真辉煌：被没收的鞭炮、纸钱、纸活儿五光十色，堆成几座一米多高的"小山"。看着这种场景，当时心情一下子沉重许多。别的不说，那一路上的警察就让人心疼。为了某些人的封建迷信和违规行为，他们要忙上好几天。一条路上派百八十人，一个县通往墓地的路，不是一条两条，得多少警察啊？全国呢？真不敢往细里想。即便如此，每年还都有因扫墓而发生的火灾。

毋庸讳言，近些年来，清明节不文明的祭扫方式挺有市场。除了烧纸、烧香等，有人供奉三牲祭品为祖先祈阴德，为子孙求荫庇；有人摆阔气，讲排场，大操大办，大吃大喝；有人图风水好，不惜乱砍滥伐坟墓周围的树木。一些孝子贤孙们费尽心思给先人们准备各种"东西"——差不多活人用的，都能制作出来。在这些孝子贤孙们看来，逝去的亲人活在阴间，为了让他们在那里活得好，所以必须慷慨地送去"钱物"。更有甚者，采取极为低级庸俗的做法，给逝者送什么"小姐"

和"二奶"，简直令人作呕。这些行为，透着封建迷信的腐朽味道，不仅浪费钱财，污染环境，破坏安全，还败坏社会风气，实不足取。

"万物生长此时，皆清洁而明净，故谓之清明。"清明节怎么过不是件小事，它折射着一个人、一个社会的文明水平。清明节的祭祀活动，应该是文明的。文明祭扫，是现代人所应具备的素质。只有告别陋习，追求"清洁而明净"，才能更好地弘扬清明节这一传统节日的文化底蕴，展现人们丰富美好的情感。清明节不应过成"纸钱节"、"浪费节"、"烧香节"，而应是现代"文明节"。

清明文明祭扫，方式多多：比如带上家人在墓前深情地鞠上几个躬，以不忘亲人恩德；比如在墓旁植树，为后人留下一片绿色；送上一束鲜花，寄托哀思；在扫墓同时，亲近一下大自然，踏踏青，游游春，植植树，放放风筝，体会一下热爱生命的美好，吸几口新鲜空气，舒展一下筋骨。古人过清明节，就有开展踏青、游春、蹴鞠、荡秋千、放风筝之类体育活动的好传统，今天正好光大发扬之。文明祭扫，当有"厚养薄葬"意识。就拿给逝去的老人扫墓来说，如果你在老人生前尽孝了，一点愧怍也没有，扫墓时培培土就很好；如果你在老人生前没有尽孝，现在烧再多的纸制品，除了你满足了些什么，对老人什么都没有。还是活着的时候多孝顺老人好，也就是说要变"薄养厚葬"为"厚养薄葬"。

像对任何传统文化一样，对扫墓文化，也要与时俱进，有所扬弃。扫墓时一些健康文明的做法应该留下，那些乌烟瘴气的封建迷信习俗就要淘汰。如果我们总让封建迷信的东西搅和在清明节里，就糟蹋了这个节日。

但愿今年和往后的清明节，映入眼帘的不再是"纸活儿"堆成的"小山"，而是文明的祭扫场面，比如用鲜花祭奠缅怀故人，让墓地成为鲜花的海洋。倘若所有地方都能告别祭扫陋习，那我们这个社会也许离文明就更近了。

2009 年第 3 期

困难关头　同甘共苦

汪金友

面对国际金融危机仍在扩散和蔓延的冲击，国内一些大型国有企业高层领导带头减薪。他们提出，领导与职工同甘共苦，职工不增加工资，则领导不增加工资，职工减工资，则领导首先减工资。这些企业还同时采取缩减差旅费、会务费开支等措施，确保企业经营平稳健康发展。

这是令人振奋的消息，其中最令我感动的，是"同甘共苦"四个字。领导与职工"同甘共苦"，干部与群众"同甘共苦"，还有什么困难不能克服？

"同甘共苦"一语出自《战国策·燕策一》。燕昭王问郭隗："何可强国富民？"郭隗说："诎指而事之，北面而受学，则百己者至。"意思是说，只有与百姓同事安乐，才能人心所向，众志成城。于是，燕昭王"吊死问生，与百姓同其甘苦"，终于把燕国治理得民富国强，受到举国上下的一致拥戴。

中国共产党从成立之日起，就一直提倡与群众"同甘共苦"精神。在抗日战争最为艰苦的岁月里，为了渡过当时的饥荒，新四军师长彭雪枫率先垂范，卖掉自己的战马，救济无粮断炊贫困户，维持部队生活开支，令当地群众感慨不已。在八路军和新四军的队伍中，当时就有这么一句口号："有盐同咸，无盐同淡。"战士吃什么，首长吃什么；战士穿什么，首长穿什么；有福一起享，有难一起扛。

"同甘共苦"这四个字，现在很多领导仍然铭记在心，党的好传统正在他们身上发扬光大。但也有个别领导，心目中这四个字被逐渐淡化了。他们觉得自己"能力强"、"任务重"、"贡献大"，因此收入高一点，待遇好一点，是"正常现象"。如果没有这场金融危机，这样想或许情有可原。但眼看着不少企业减少了新增的岗位，高校毕业生就业压力加大，身为领导还能无动于衷吗？乐民之乐者，民亦乐其乐；忧民之忧者，民亦忧其忧。处在困难关头，无论是企业领导还是党政领导，只有与群众"同甘共苦"，多做雪中送炭之事，多尽扶危济困之力，才能形成巨大合力，共克时艰。

困难关头，"同甘共苦"，就是要共同享受发展成果，收入一起增长，生活一起改善；共同分担遇到的困难，你吃苦，我也吃苦，你负重，我也负重，一起翻山，一起越岭。

困难关头，"同甘共苦"，就是要少花钱，多办事。诚然，改革开放以来，人民越来越富裕，国家越来越富强，但我们毕竟属非高收入国家，故不提倡大面积减薪。但会议费、接待费、用车费、差旅费、办公费等，却可大大压缩。坐30万元一辆的车能办事，坐10万元一辆的车也能办事；住五星级的宾馆能开会，住二星级的宾馆也能开会。在困难面前，领导干部，一定要先从自己"苦"起。

困难关头，"同甘共苦"，"苦"是方法，"甘"是目的；"苦"是过程，"甘"是结果。现在我们讲"问政于民、问需于民、问计于民"，而最有效的问，就是"与民共苦"，为百姓排忧，为群众解难，让人们过上甜甜美美的好日子。

刘基在《诚意伯文集》中曾说："物有甘苦，尝之者识；道有夷险，履之者知。"诚哉斯言。战胜眼下经济困难的出路，很重要的一条，就是"同甘共苦"。不妨谨记。

2009年第3期

网民能耐有多大

瓜 田

前些时候，有记者对网民反腐作用大加赞扬。由头是网民上传了一段某政府代表团公款游埃及的视频，随后一领导干部被撤职。于是，记者便做出了网民实际上已成为一支反腐败重要力量的结论。

瓜田先生对此小有异议。

的确，网民近几年十分活跃，在打假方面战斗得很漂亮。什么"周老虎"啦、过铁路桥的藏羚羊啦、摄影作品上多添一只鸟啦，都逃不出网民的火眼金睛。云南监狱的牢头狱霸把一个被关进去的年轻人活活打死了，警察辩解说，是"躲猫猫"自己撞的。网民穷追不舍，凶手受到惩治，有关警察也得到了处分。这样一路看下来，网民的力量似乎真的"不得了"了。

其实否也。透过现象看本质，难免沮丧一番。一个县委书记，派人到北京抓记者，网上搞臭了，被撤了职。可没过多久，官就又当上了。听说因为网民闹得厉害，又撤下来了。但使用、监督干部的权力终归不在网民手上，明天他可能又当官了，你还是没咒念。

而网民的无奈恰恰彰显了一些掌权者的"本事"。不就有网民因为把官员的劣迹传到网上而受到"法办"的事吗？前些时候的"彭水诗案"、"高唐网案"、"稷山文案"，近些时候的河南"王帅帖案"和内蒙古"吴保全案"，都很令人震惊。网民揭发坏官、贪官竟然遭到报复。这充分说明，在一些掌权人那里，网民算什么东东，他们根本不把你放在眼里的。

说起来也是，网民那点能耐，真的有限。网民披露的事情，当回事的地方，就处理一下；不当回事的地方，全然不睬。你能怎么着？你有那个权力吗？设想一下，如果权力部门的政绩好坏，连同掌权人的得失进退，由包括网民在内的广大群众评判决定，你看他们还敢滥用权力吗！说到底，我们缺少一个健全周密的群众监督、制约权力的机制，在这种情况下，网民折腾不出多大彩来。譬如说，干部公费出境旅游的问题，网民一直在抨击，但成效甚微。那种"邀请函是假的，日程是假的，考察报告也是假的，全套的弄虚作假的"公费出境旅游，还不是照有？也是，有关部门三令五申禁止都难以医治的顽症，靠网民的口诛笔伐就想得救，结果显然会令人气馁的。

虽说网民能耐有限，但瓜田先生还是要为公费出境旅游者进上一言，出国游玩的时候尽量稳妥、低调一些，以躲过群众的眼睛，不要让网民知道，毕竟把这事捅到网上不怎么光彩。近来几次公款出境旅游事件被网民揭发，怪就怪当事者过于粗心大意。你怎么能随便把出国游玩的官员名单掉在汽车上呢？你怎么能把在埃及拍下的视频传给别人看呢？那么多旅游团出去，都没事儿，到你这儿露了馅儿，给党和政府的形象造成了多么恶劣的影响！另外，花老百姓的血汗钱出去玩，本来就理不直气不壮，偷偷摸摸地去，悄悄地回来也就算了，可归来又是写游记，又是发表摄影作品，甚至还显摆起视频来，这不是没事找事吗？别以为网民还奈何不了，就由着兴头来。

瓜田先生坚信，眼下网民有限的能耐，一定会随着反腐机制的健全完善而得以放大。到那时，堂而皇之地用公款到国外招摇过市地游玩，准是精神有病。也只有到那时，说网民是一支反腐败的重要力量，瓜田先生才不会不苟同。

2009 年第 7 期

呼唤"生态商"

赵　畅

对所谓"智商"、"情商",大概人们已不陌生。"生态商"为何?怕不甚了了。

一个叫丹尼尔·戈尔曼的外国人,告诉了我们什么叫"生态商"。

他在《10个改变世界的想法》一书中指出,对于保护生态环境而言,仅仅是回收垃圾、购买生态食品、使用节能灯泡和在不使用时拔出电源插头等远远不够,关键在改变人们的思维方式。要学会评估个人的选择可能对环境带来的真正影响,并且对其进行逐一比较。他说,这就是所谓的"生态商"。

再细说,"生态商",就是一个人对生态的关心品质和保护能力。表现为懂得与大自然和谐相处,知道培养自我生态道德,懂得人人都是生态保护的受益者,也应该是生态保护的埋单人。

戈尔曼提出"生态商"的概念,其意义是显而易见的。

"生态"一词的出现已有200多年历史,但人类真正普遍关注生态,是近些年的事。毋庸讳言,长期以来,人类在处理自己与自然关系方面,并没有建立起系统的行为规范和生态道德,法律也严重滞后。而人类对自然的无视、冷漠、无情掠夺,已然造成环境污染、资源枯竭、生态失去平衡的状况。且不必说水的污染已给我们的生活、生产、生存带来了无法想象的后果,即便那些见怪不怪的现代消费,也正在付出不可忽视的环境代价。譬如生产一罐可口可乐,铝土矿在澳大利亚开采,用矿船运往瑞典和挪威熔炼成金属铝,然后运往德国的压延厂加热轧制成薄片,再经过冲压加工成罐头筒,还要清洗、烘干、涂层、上漆、喷上保护内膜，最后在罐头厂灌入糖浆磷光物质、咖啡因和二氧化碳气体。糖来自法国甜菜加工；磷光物质来自美国，从露天矿里开采；咖啡因来自英国；装易拉罐的纸板箱，纸浆来自瑞典、西伯利亚、加拿大原生林。想一想吧，喝一罐可口可乐，生态代价何其大矣！

有人计算过一棵50年树龄的大树累计的生态价值：除去花、果实和木材价值，产生氧气、吸收有毒气体、防止大气污染、增加土壤肥力、涵养水源、为鸟类及其他动物提供繁衍场所六项价值总计为19.6万美元。可谓不算不知道，一算吓一跳。据说，我国神农架地区50年以上树龄的大树至少有50万棵，按这种算法，神农架的生态价值高达近千亿美元。对于这样的生态价值、生态环境，我们怎能不加保护呢？要知道，自然养育了人类，但人类缺少感恩，忽视对自然的尊重，自然也会给人类以惩罚。一些地方沙尘暴愈演愈烈，不就是对土地的过度开垦和山林的乱砍滥伐付出的沉重代价吗？

在"生态危机将成为21世纪人类共同面临的最大危机"的背景下，人类像拥有"智商"、"情商"那样拥有"生态商"，已刻不容缓。呼唤"生态商"，绝非小题大做，故弄玄虚，实乃情势使然。

想起了北京大学原校长许智宏"公务员应带头不吃鱼翅"的提议，以及姚明的承诺：今后在"任何时间、任何情况下都拒绝食用鱼翅"。这不能不说是许智宏校长和姚明具有高"生态商"的一个生动细节。他们拒绝食用鱼翅，是因为捕获鲨鱼割鱼鳍的残忍——鲨鱼的胸、背、尾鳍被割下来再抛入海中后，会因无法游弋、无法觅食而慢慢死去。

记得胡适说过："种下思想，收获行为；种下行为，收获习惯；种下品德，收获命运。"如果我们"种下""生态商"，那么会收获什么？

2009 年第 7 期

家风连着党风

刘绍楹

最近读了一本书，名字叫《帅府家风》。编著者采访几位开国元帅的子女，通过他们的回忆，讲述了这些叱咤风云的老帅们作为父亲、长辈、平常人，在教育子女、处理夫妻关系、与朋友邻里交往等居家过日子的许多逸闻趣事。这些事看起来并不大，甚至很琐细，但体现出来的精神和意趣，却发人深省，令人感动，使人受到教育。

朱德一向严格要求自己，也教育亲属不能搞特殊化。他的外孙刘建在山西当兵时，师长曾是长征时的红小鬼，对朱老总感情非常深厚。刘建探家时，这位师长买了两瓶汾酒和两瓶老陈醋，让刘建带给爷爷。当刘建把这些东西交给爷爷时，刚才还满脸喜气的朱老总马上面带愠色，"谁让你随随便便收人家的礼，这东西不能要，你还是带回去吧"，"我从来不收礼，你们也不许收别人的东西"。身教胜过言教。刘建几十年后回忆起这件事，仍然感叹不已，说这件看来普通的事使自己受益终身。

贺龙对孩子的衣食住行不特别关心，但他总是教育子女自强、自立。他说过一句很普通的话："要自己挣钱，父母有是父母的，丈夫有得伸手跟丈夫要，还隔着一个手板皮。"这话很平实，似乎也没有闪光耀眼之处，但正是这些朴素的话语，牢牢地印在了子女的心上，成为激励他们努力自强的座右铭。贺龙之女贺捷生说，这些话自己受用了一辈子。

粉碎"四人帮"后，徐向前出任国务院副总理兼国防部长，主持军委工作。这时，大女儿徐志明到了退休年龄，她是抗战时期在延安参加革命的，当了一辈子医生。有人给她出主意说，凭你的资历，请徐帅出面说句话，重新安排个职务还不容易？徐志明没有找父亲说话，因为她深知父亲在这方面要求严格，从来没有给谁讲过话。后来，徐帅的子女回忆这些事，都说："这点在我们家是很坦然的。一个党只有这样，才有战斗力。如果讲的和做的不一样，别人谁信啊！老帅他们这一批人，这点起码站得住。"

这些细小琐碎的家常事，展现出了老帅们良好的家风，反映了老一辈革命家的高尚品德、无私境界、纯洁党性。在革命战争年代，为了拯救民族危亡，他们带领千军万马，拼杀在血与火的战场；进入和平时期，在家庭生活中，他们更多的是从精神层面关心教育子女，要求晚辈老实做人、谦虚谨慎、诚实守信、自强不息，要求子女们学习、保持炽烈的战士品格和勇士精神。是君子，就要威武不屈、富贵不淫、贫贱不移；是战士，就不言败、不苟且、不虚伪，直面人生！这种血性和豪情光耀着帅府的门楣，更闪耀着党性的光辉。人们从他们这种家风看到的是闪光的党性，看到的是力量和希望。

与此相反，现在有些人则缺乏应有的党性，走歪门邪道，不走正路，无原则地为家人谋私利，家人则利用其权势为非作歹，索贿受贿。被揭露并受到惩处的贪官之家，很多是这样。这样恶劣的家风，说明这些人完全背弃了党性原则，丧失了作为共产党员的起码条件。他们的所作所为，不仅损害了个人形象，更败坏了党风。

毋庸置疑，在党内是党员，在单位是领导的党员干部，在家则会是儿女、丈夫、妻子、父亲、母亲，等等。党员干部在家里表现如何，家庭风气怎样，能直接反映党风的好坏。党员干部家风良好，表明党风端正。反之，则说明党风有问题。家风连着党风，家风是透视党风的一个窗口。因此，加强党风廉政建设，千万不能忽视了从家庭做起。要像老帅们那样，时时处处坚持党员标准，恪守党性原则。这样才是真正的共产党员，才是合格的党员干部。

（此文略有删节）

60年的"考试"

汪金友

1949 年 3 月 23 日，当中共中央首长的车队就要离开西柏坡、开往北平城的时候，毛泽东兴致勃勃地对大家说："今天是进京的日子，我们是进京'赶考'嘛！"几个领导听了都笑起来，周恩来说："我们都应当考及格，不要退回来。"毛泽东抬头望着眼前崎岖不平的山路，坚定地表示："退回来就失败了，我们决不当李自成！"

"考试"从此便拉开序幕。"考生"是执政党——中国共产党，也是她所有的党员干部，"考场"是执政领域，"评卷老师"则是人民群众。你若想考个好成绩，就得让人民群众满意。

60 年间，虽然"考生"换了一批又一批，"考场"换了一个又一个，"考试"却从未停止过，而且越来越复杂、越来越公开、越来越严格。

一种是钱场上的"考试"。从一开始，金钱便与党员干部展开了激烈的较量。一个要让你沾上铜臭，一个要自己保持纯洁；一个想方设法要把你变得跟旧官僚一模一样，一个坚定不移要展示共产党人的高风亮节。多数人百击不倒，百考不衰，取得了优异成绩；少数人钱迷心窍，失足落水，被时代的大潮淘汰。刘青山、张子善便是其中最早也最典型的例子。灾祸就存于对金钱的贪欲之中，失败就随于奢侈之下。可惜至今，有些"考生"仍不明白这个道理。

一种是官场上的"考试"。千里做官为什么？有人回答"是为了更好地为人民服务"，有人回答"是为了完成党交给的工作任务"，有人回答"是为了更好地履行自己的职责"，也有人回答"是为了实现自己的人生价值"。不错，这些答案都很优秀，起码也能"及格"。但这里的"考试"不是看你怎么说，更重要的是看你怎么做。有些人准备了两套答案，一套是嘴上的答案、纸上的答案、专为给别人看的答案，另一套是心里的答案、行动的答案、见不得人的答案。他们跑官、买官、升官、做官，完全为的是级别、待遇、面子和权力，而且一朝权在手，便把私来谋。直到有一天，藏在身后的答案被人发现，他们才后悔不迭。

一种是市场上的"考试"。市场也如战场，战场考的是能不能战胜敌人，市场考的是能不能抓住发展机遇，造福一方百姓。你在一个地方为官一任，可面貌未改，江山依旧，经济增长缓慢，民生困难重重，大批人员待业失业，能算是"及格"？市场的考试也是能力和政绩的考试，不但要有胆子，而且要有点子，不但要有激情，而且要有水平。

60年的"考试"，考出了很多全心全意为人民服务的公仆，考出了很多一身正气、廉洁奉公的公仆，考出了很多肯干事、能干事、会干事的公仆；也淘汰了不少浑浑噩噩、碌碌无为的庸者，更淘汰了一些只知道一心一意为自己谋利益，甚至以权谋私、贪赃枉法的腐败者。这种"考试"，仍将继续和延伸下去，而且会更加科学、更加严肃、更加规范。笔者相信，更多的党员干部会在执政过程中，经受住多种考验，向党和人民交出一份合格的答卷。

2009 年第 10 期

一些词语的"拨乱反正"

任 炳

"拨乱反正"曾作为纠正"文化大革命"错误的一个专用词语被广为使用，意思是把被"文化大革命"颠倒了的是非重新颠倒过来。其实，不仅当年冤、假、错案和被黑白倒错、是非混淆了的政治事件需要实事求是地给予纠正，就是一些与此有关的词语也有"拨乱反正"的问题。前不久召开的第十一届全国人大常委会第四次会议通过的一项法律修改案，把"投机倒把"和"投机倒把罪"从现行法律中删除了，就是对"投机倒把"行为和"投机倒把"词语的拨乱反正。

在计划经济体制时期，"投机倒把"被视为违法行为严加禁止，相应的"投机倒把"这个词也成了贬义词。现在我们搞的是市场经济，作为市场主体的企业经营者，只有在商品生产和交换中，紧抓机遇，才能在竞争中求得发展。"抓机遇"就是"投机"，"商品交换"就是"倒把"，"投机倒把"行为是必然的、合理的，是经济生活的常态。否定了它，就等于否定了市场经济。与此相应，"投机倒把"这个词也应给以"平反"，不应成为"贬义词"。

有些政治性较强的词语，早已随着形势的变革或被淘汰，或有所变化。比如，曾在"文化大革命"时期十分流行的"四大"，即"大鸣、大放、大字报、大辩论"和人民政权开始建立就使用的"反革命罪"，都被从宪法和法律中删除了。"走资派"、"反革命修正主义分子"、"臭老九"等极具特殊时代烙印的词语，已从人们口头彻底淡出。类似"私有企业"、"私人资本"等带"私"字头的词语和中庸之道、人道主义、人性、人权等思想理论用词，也多被摘掉了"贬义词"的帽子。

还有一些词语，虽然早已由热变冷逐步退出人们的日常应用范围，但并未给予重新论述，准确使用。比如，"文化大革命"中盛行的"招降纳叛"，曾被作为贬义词长期应用。在诬陷以彭真为首的中共北京市委"十大罪状"中，"招降纳叛"赫然在列。此事后来虽然得以平反，但"招降纳叛"这个词语作为贬义词却无人过问。实际上，任何朝代，包括中国共产党领导的革命和建设时期，无一不千方百计"招降纳叛"，这样做既瓦解了敌人，又壮大了自己，不仅不应是"罪行"，而是莫大功勋。我们的老一辈革命家中，不少人是从敌对阵营中倒戈而来的。应当给这个词语以正确解释、"平反昭雪"，恢复其本来面目。

又如，"奇装异服"。在我们实行计划经济体制时代，一切都"高度统一"，人们以"干部一身灰、群众一身蓝、军人一身绿"为荣，把女人穿裙子、着花衣，说成是"资产阶级生活方式"，是"腐化堕落的苗头"，等等。服装是人们离不开的基本生活必需品，不同民族、不同生活水平，有着不同的着装习惯、爱好和需求，穿什么花色，选何样品种，是个人的私事，应由其自由选择，作为对社会服务和管理的权力部门，除特殊活动和特定团体外，只要不宣扬色情、暴力，衣着上没有损害社会和他人利益的标记，就不应设限，对之干预。追求美好，提倡多样，让人们各得其所、各求所乐，生活得更安详、舒适、和谐，是科学发展的题中应有之义。由此言之，标新立异并非坏事，反倒是人们追求美好的表现，是一种思想、理念和技术、艺术上的创新。总之，"奇装异服"不应当再作为贬义词使用。

语言是人类最重要的交际工具，是人们形成和表达思想的手段。随着社会的发展，语言也在不停地变化。如果有语言学者把某段历史，比如中华人民共和国成立以来的若干语言变化，做一个系统研究，那将是很有意义的事。

2009 年第 11 期

对大师最好的缅怀：远离浮躁

隋喜文

这一天注定成为举国痛哀的日子。一颗学界巨星从我们头上陨落了。一代大师钱学森的远行，不仅让我们惋惜、愕然，也令我们缄默、沉思。

如果说钱学森留给了后人什么精神财富，在我看来，不浮躁，是其一。

且看钱学森的不浮躁："我姓钱，但我不爱钱。""我个人仅仅是沧海一粟，真正伟大的是党、人民和我们的国家。""我们不能人云亦云，这不是科学精神，科学精神最重要的就是创新。""我是一名科技人员，那些官的待遇，我一样也不想要。""我做人有四条原则：不题词，不为人写序，不出席应景活动，不接受媒体采访"……

无须再列举了，透过这些，我们已然看到大师的浩然风骨。

不说别的，就说这"不题词，不为人写序，不出席应景活动，不接受媒体采访"的做人四原则，就令我们肃然起敬，值得学习。当今一些人浮躁，往往表现在这样的事情上。你热衷于四处题词，到处作序，应景场所身影不断，报上留字，广播里留声，电视上留影，那你还能一心治学为官吗？迷恋四处留声留影，享受赞誉和恭维，风光得很，可恰恰在这样的时光中，你难免飘飘然起来，丢掉谦虚品德，丧失进取精神，治学的脚步就会停顿，为官的境界就会大跌。

实事求是地说，如今浮躁已充盈社会方方面面。浮躁病成了社会流行病。就连稚嫩的孩子都难逃其中。某小学一次组织心理专家和小学生面对面活动，孩子们大扭身体，唱着"超女"的歌，并对专家说，长大了想当歌星。专家们对此困惑不已。

孩子患上浮躁病，染于媒体的浮躁。随着近年"超女"的异军突起，"选秀"热持续升温，一批这类节目在荧屏上"你方唱罢我登场"。"现在孩子们在一起经常议论这些东西，希望一夜成名。一些孩子觉得'学得好不如唱得好'，所以'立志长大要当歌星'。"不少老师忧心忡忡地说。

科研学术领域浮躁之风更是尽人皆知。论文注水，成果拼凑，搭车得奖，抄袭造假，只要数量，不求质量。有大学教授竟在一本书中把蒋介石的名字译为"常凯申"，书中译名错误多达几十处，真乃匪夷所思。钱学森为了更好地搞科研，几次辞官不做，可某地有一处级官位空缺，竟引来几十名学者角逐。不甘寂寞，争名求利如此心切，哪还能专心致力于学术研究？淡泊名利，无疑是当下浮躁的科研学术界最需要的品质之一。

官场自不例外，某些领导干部也病得不轻。他们缺乏科学发展意识，重近轻远、重物轻人、重俗轻雅、重显绩轻潜绩。他们心浮气躁，恨不能"一口吃个胖子"，不愿脚踏实地抓工作，只做"见效快、顾眼前"的表面文章。他们热衷于搞形象工程、政绩工程，把主要精力放在形式上花哨、表面上热闹、气氛上浓烈却不切实际、名目繁多的各种活动上。比如"人造节"的泛滥等。一个仅有小学文化程度的"王木匠"，用近似"空手套白狼"的手段骗走17亿元，要不是当地官员患上了"政绩饥渴症"，面对其抛出的"西北地区第一高楼"的诱饵直流口水，其怎么能轻易得手？官员染上浮躁病，出不了实绩，成不了真绩，不医治实在不得了！

大师一个一个接茬儿走了，季羡林、任继愈、钱学森，他们把共同的美好人格——不浮躁，长久地书写在了世间。我们真诚地缅怀大师，那就请像他们那样：远离浮躁！

（此文略有删节）

2009 年第 12 期

"坐官"与"做官"

李 炜

清人纪晓岚《阅微草堂笔记》中有这样一则故事：有位官员死后到阎王处报到，自称任职期间不贪钱财，所到之处，"但饮一杯水，今无愧鬼神"。阎王讥笑说："设官为的是做事，但不要钱即为好官，植木偶于堂，并水不饮，不更胜公乎？"

读罢这则故事，便联想到现实社会、当今官员。那虽不贪却也不干事的"坐官"不仍旧在吗？

这不做事的"坐官"，群众嘲讽地给他们冠以种种不光彩的称呼：

一曰"懒官"，只动嘴不动手，落实上级指示精神，不在切实付诸行动上下功夫，而热衷于造声势、提口号、搞表态，把"说到"当"做到"；或者一推六二五，全都让下面去干。

二曰"庸官"，领导没能力，工作没水平，办事没注意，提笔不能写，张嘴不能说。工作得过且过，政绩一塌糊涂。

三曰"混官"，整天混日子，什么正事不干，什么责任不负，一张报纸看半天，网上一泡一整天。心安理得地在官位上混，且还能在更高官位上混。

四曰"糊涂官"，信奉"不点头，不摇头，关键时候不开口"、"不说好，不说坏，谁也不见怪"的官场哲学，见着矛盾绕着走，得罪人的事躲着走，只要你好我好大家好，宁肯少干事、不干事。

五曰"熬官"，靠熬年头当上一级官，当上一级官再熬年头当更大的官，至于"做功"如何，无关紧要，有时做事倒容易出事，反而不利于升官，何必自讨苦吃。

六曰"谀官"，阿谀奉承是拿手活，巴结上司，唯此为大。只知讨领导欢心，满足领导喜好。一切围着领导转，这种"官念"根深蒂固。

七曰"玩官"，工作劲头全无，整日琢磨吃喝玩乐，满足于坐好车子，住大房子，吃大馆子，热衷于营造个人享乐窝，甚至出入低俗场所，俨然一个玩物丧志。

上述身在其位、不谋其政的"坐"官，虽说官"坐"得倒也"潇洒"，但只要哪个地方这等官为患，十年八年怕是草木依然、风景依旧，百姓生活很难得到什么大改观的。

为官当"做"而非"坐"。人们痛恨大大小小的贪官不假，但也绝不喜欢占着茅坑不拉屎、身在官位上却不做事的"坐官"。当官不贪固然好，但不贪还要有所为，才是合格的官。否则，就真成了植于堂的木偶，有何用哉？

近年来，随着干部人事制度改革的不断深化，"一纸委任状，几年太平官"的现象正在逐渐改变，有的"坐官"已经"坐"不下去、被无情淘汰了。展望未来，我们党的用人制度将更加科学完善、民主透明、公开公正，"坐官"的日子将比以往难过得多。倘若还抱着"做官"不如"坐官"的"官念"当官，结果可想而知。

窃以为，不管什么样的"坐官"，还是早一点让自己变成"做官"为好。

（此文略有删节）

2010 年第 1 期

政绩造成"三字经"

任 炳

在短时期内做出显著政绩，历来是当政者追求的最佳目标。一般来说，无可厚非，应鼓励称赞。然而近些年来，无论政绩内涵还是追求的方法，在一些官员那里已经变味变质了。刚被提拔到新的岗位上，便立即展开"更上一层楼"活动，跑门子、找后台、造舆论，搞形式主义，打扮包装自己，让所谓政绩尽可能有轰动性、震撼力。人们给这类政绩冠之以种种嘲讽的名字：注水政绩、泡沫政绩、发酵政绩、造势政绩、虚拟政绩、影子政绩等，管他们追求政绩的方法叫作"速成法"。且看当前最流行的政绩速成"三字经"。

一曰追。就是紧跟领导，把视觉、听觉、嗅觉、感觉都调动起来，充分揣摩领导意图和动向，及时掌握顶头上司的喜好，特别是他们出政绩的渴求。一旦摸清风向，不能有半点迟疑，即便转180度的弯子，给国家和集体造成损失，也在所不惜。追的关键是快，快表态，快行动，快出"经验"，最好能快上报纸、电视，慢半步就可能步步赶不上。当然，紧跟领导也有栽跟头的时候，领导迷失了方向，犯了错误，你难免会受牵连。但不要紧，因为主要责任不在你，如果领导仍稳稳坐着交椅，还会更亲近你，甚至视你为"心腹"、"知己"。得失相比，仍然得大于失。

二曰堆。就是东拼西凑，炮制"经验"、"总结"。创造政绩，如果光埋头苦干、不哼不哈、就事论事、求真求实，那就太"蠢"了，太"笨"了。"政绩"速成不能只靠干，还要靠凑、靠写。讲抽象一点，叫"综合"。当然不仅"综合"自己的，还要"拿来"别人的，不仅"综合"现有的，还要挖掘历史的，不仅"综合"已经做到的，还要把想象的和正在做的挂起钩来。特别要把困难尽量突出，成绩尽量放大，否则，怎么能达到"吸引眼球"、"紧抓人心"的目的？当然，问题不能不写，否则人家会说你缺乏辩证法，没有"一分为二"的谦虚精神。但写问题绝不能死心眼照实说，内容最好是大家共有的，你黑他黑我也黑，千万不可写"独此一家"的；要写领导了解的、多次指出的、早已公开的，千万不可写尚未暴露的、给人"把柄"的；要写不可避免的、外部因素造成的，千万不可写不该发生的、主观因素造成的。写成绩时一定要写上是领导正确指导的结果，写缺点时一定要说明领导早已预料到并多次提醒过，这样不仅上下皆大欢喜，也容易被赞扬、被推崇、被宣传。

三曰吹。就是煽呼，如同做广告。小事吹大，大事吹圆，歪事吹正，正事吹神，未干先吹，小干大吹，边干边吹，干完更吹。这既有名又得利，何乐而不为？煽呼政绩图的就是这种效应，不怕别人风言风语，说什么"注了水"、"起了泡"、"发了酵"，什么"前任政绩后人债"、"一任政绩，几任包袱"，等等。只要你把上头哄好了，请领导先表态，谁还认真追究这些？即便来个"不识时务"的硬要追查，也不是短时期能搞清楚的，说不定你已提拔了，高飞了，最终只能是不了了之。为什么"吹"出来的"政绩"成功率较大？不就是因为风险太小嘛！

政绩速成除"三字经"外，还有一些诀窍，诸如"巧取豪夺"，明目张胆地把别人的成绩记在自己账上，而失误却推给他人；"权钱交易"，送物送钱、买荣誉、买报道等。这些近乎黑道，只可意会，不能言传。

政绩能否速成？答案当然是否定的。它只能是踏踏实实一步一个脚印形成的。任何投机取巧，靠"追"、"堆"、"吹"等歪门邪道制造的所谓"政绩"，只能鼓噪一时，难有任何实质性进步，相反会带来更大困难，甚至造成不可弥补的损失。

（此文略有删节）

2010 年第 1 期

延安曾经"十没有"

陈鲁民

1940年2月1日，毛泽东曾在延安民众大会的讲演中十分自豪地说："这里一没有贪官污吏，二没有土豪劣绅，三没有赌博，四没有娼妓，五没有小老婆，六没有叫花子，七没有结党营私之徒，八没有萎靡不振之气，九没有人吃摩擦饭，十没有人发国难财。"这"十没有"确实反映了当时延安良好的党风、政风、民风，令人羡慕，使人向往。能在那么困难的条件下做到"十没有"，既创造了一个风清弊绝社会的奇迹，也留给我们许多值得思索、继承的宝贵经验。

这好风气是领导带出来的。为搞好大生产运动，毛泽东、朱德带头种菜，周恩来、任弼时带头纺线；为克服经济困难，彭德怀穿着用缴获敌人的降落伞布做的背心，林伯渠戴着断了一条腿的眼镜；为同甘共苦，不搞特殊，华侨捐赠的三台汽车，毛泽东带头不坐，分给医院和学校，宋庆龄给几位领导捎来的营养品，都被送到幼儿园；为厉行节约，支援抗战，著名华侨领袖陈嘉庚率团来延安访问，毛泽东就在窑洞里招待他吃饭，只花了几角钱。正因为各级领导带头艰苦奋斗，谁也不以权谋私，不贪污腐化，与群众一起，同心同德，和衷共济，共度时艰，有盐同咸，没盐同淡，才开创出了虽艰难困苦却欣欣向荣、虽物质匮乏却人人心情舒畅的良好景象。

这好风气是严明法纪管出来的。平心而论，延安并不是完全没有毛泽东讲演中所出现的那些问题，而是一经发现，就立即处理，决不让其蔓延滋长。譬如，延安也曾出过个别贪官，但被揭发出来后，就立即严肃惩处，或撤职，或法办，甚至处以极刑。而且，不论是谁，在法律面前人人平等。1937年10月，时任红军抗日军政大学第三期第六队队长的黄克功，因逼婚未遂，在延河畔枪杀了陕北公学学员刘茜。尽管他是个战功累累的老红军，还有很多人为他求情，陕甘宁高等法院仍判处他死刑，毛泽东指出："如赦免他，便无以教育党，无以教育红军，无以教育革命。"这件案子的处理，在延安影响极大，对于增强根据地军民的法纪观念起到了巨大作用。法纪严明，毫不姑息迁就，那些乌七八糟的东西就没有市场，刚一露头就人人喊打，自然也就难以成风成势了。

这好风气是民主监督培育出来的。毛泽东在延安同著名民主人士黄炎培谈话时，就如何走出"历史周期律"，避免重蹈以往那些朝代"其兴也勃焉，其亡也忽焉"的老路的问题，提出了民主监督的办法。毛泽东说，我们已经找到新路，我们能跳出这周期率，这条新路就是民主；只有让人民来监督政府，政府才不敢松懈；只有人人起来负责，才不会人亡政息。当时，从中央到根据地各级政府，都广开渠道进行民主监督，对群众意见十分重视。有一个农妇骂毛泽东为什么不被雷打死，有关部门要把她抓起来判刑，毛泽东连忙制止。经查清，原来是农妇觉得赋税太重而口出怨言。于是有关部门马上进行税负检查，及时减少了农民的过重赋税。民主人士李鼎铭先生提出"精兵简政"的意见，中央经过研究觉得有理，很快就在根据地开展了精兵简政运动，降低了政府开支，也减轻了农民的负担。这些都在根据地内外产生了积极影响。

以史为鉴，可以知兴替。认真回顾总结当年延安创造"十没有"的经验，对于我们今天树立良好风气，建设更高水平的富裕、文明、民主、和谐的社会，无疑富有启迪意义和借鉴作用。

2010年第3期

"早讲话"、"会讲话"、"讲真话"

姬建民

现今官员，大抵不太怵在会上讲话。对常赶会发言的官员来说，讲话更擅长。然而，有些官员面对媒体讲话，却常常漏洞百出，甚至弄些"雷人之语"出来，贻笑大方，遭人诟病。

官员既属公众人物，难免要和媒体打交道，接受公众的审视和监督。

那么，官员如何面对媒体讲话？"早讲话，会讲话，讲真话"，不失为要义。

"早讲话"。由于社会转型与分配不公等原因，就算官员殚精竭虑、夙兴夜寐，有些重大事故或群体性事件也难免发生。出现问题并不可怕，可怕的是有些官员怕媒体曝光"捂盖子"，怕公众知情封锁消息，不敢在第一时间公开发布信息，甚至做出拿钱"封口"的蠢事，致使谣言不胫而走。假如事发之初，官员敢于正视并站出来"早讲话"，尽快把已经、正在、准备做的事情讲出来，坚持信息透明，不仅会堵塞流言的恶性传播，也能让公众清楚政府官员的态度，从而稳定公众情绪。公共事件的信息很像皮球，越压制越封锁，就会反弹得越高、越厉害，后果越严重。这些道理官员并非真的不懂，但是因怕伤害"形象"、影响"政绩"，常常寄希望于"侥幸"，采取一些"打、压、封、堵"的错误举措，结果既酿成大祸，也害了自己。

"会讲话"。面对媒体讲话当然不同于会议讲话，态度要诚恳，哪怕就是谈及你那个地方的事故或事件也不能阴沉着脸。信口开河说"过头话"亦不足取，正在处理的事情更别贸然下结论，应把自己的观点表达得委婉实在。不宜过分强调客观原因，推诿责任，或用"好像、大概、差不多"之类词汇来模糊事实、搪塞舆论。那种对媒体报道的事件轻言"基本不属实"，对公众广为质疑的事件轻言"属于意外"，不仅不能疏导舒缓民怨，反倒会掀起新一轮舆论波涛，难以收拾。同样面对媒体的追踪采访，有的官员被录音笔堵到下巴仍微笑作答，有的官员却反问记者："你是哪个单位的？"应对媒体之水平高下，一目了然。虽然后者一句"雷语"含有"权力傲慢"的因素，但其未必就是故意对抗媒体，然而不会面对媒体说话却是属实。媒体作为政府与公众之间的一道桥梁，既可通过官员"会说话"而安抚公众情绪，也可把官员的"雷语"传达给公众。怎样应对媒体，无疑是对握有"话语权"的官员的一个考验。

"讲真话"。面对媒体讲真话，既是保障公众知情权与监督权的必然途径，也是对公众负责的态度。讲真话应是官员的基本素质，在信息不对称的情况下，讲真话尤其重要。温总理在《政府工作报告》中指出，要"创造条件让人民批评政府、监督政府"，前提就是官员要"讲真话"。实际上，讲真话并不难，难就难在一些官员"怕"字当头，怕讲真话惹是非、出麻烦、遭质询、被追责，故而总是"常说的老话多、正确的废话多、漂亮的空话多、严谨的套话多、违心的假话多"，看似面面俱到，滴水不漏，结果是越捂越破、越堵越漏。讲真话没什么"学问"，无非就是出于公心，敢于把真实情况告诉公众。如此，公众就会体谅官员的"难处"，理解官员的做法，还会积极配合官员做好善后工作。何乐而不为？

官员学会面对媒体讲话，是适应资讯社会躲不过的一道"坎"，是提高政务水平的"必修课"。为了搞好工作、树立良好形象，顺利地迈过这道"坎"，在"必修课"上拿个"高分"，委实必要。

（此文略有删节）

2010年第5期

"今天你'低碳'了吗？"

孙 之

近日，"低碳"迅速蹿红，成了时髦词汇。打开电视，能高频率听到它；翻开报纸，满眼晃悠它；网游一下，到处遇见它。"低碳"，闪亮登场的一颗"明星"是也。

"今天你'低碳'了吗？"便是这种背景下诞生的一句半开玩笑的话语。细思之，它大致透露出这么两层意思：一者，因生存环境日益恶化而不得不寻求的"低碳"这一绿色生活方式，正大踏步地向我们走来。工业革命后的历史延续到今天，必然会出现这样的抉择——倡导"低碳"，呵护家园，人类只有"低碳"地活着，才能成为地球村长久的居民。"低碳"的呼唤，已成为当今时代的重音，引起世人越来越多的关注。"今天你'低碳'了吗？"反映的正是人们的这种心理活动——你有没有为"低碳"做些什么？二者，作为一下子冒出来就被捧得很高的词汇，"低碳"在某种程度上被滥用、被曲解，甚至被炒作、被娱乐化了。不就有媒体推出什么娱乐圈十大低碳女星么，其实她们和"低碳"完全无涉，不过是在利用抢眼词语制造看点罢了。一点"低碳"影子都没有的楼盘，也敢厚着脸皮往自己身上贴满"低碳"的标签，忽悠消费者。各种"低碳"高峰论坛你方讲罢我开讲，什么家居的、交通的、消费的，不一而足。沾边的不沾边的都争着往"低碳"上靠。"今天你'低碳'了吗？"明显带有讽刺这种现象的意味。

"低碳"好啊，否认不了。你珍惜资源，减排二氧化碳，从节电、节油、节气做起，"大气"会感谢你，"生态"会欢迎你。比如，用淘米水洗碗；不用一次性餐具；随手关闭电器电源；省一滴水，省一度电，省一立方米气，等等。但"低碳"不能走极端。便利消费是现代化生活流行的做法，因它不够"低碳"就拒之，肯定不行。假使超市全都关掉冷柜，可想而知会成什么样。为了"低碳"，提倡少开车、多乘公交、多走路、多骑车固然不错，若主张不开车全改骑自行车或步行，便有些过头。可惜，时下此类过头的话，简直多得很，有些还是所谓专家之言哩，让人唏嘘不已。什么用发条闹钟取代电子闹钟啦，不用空调、电扇而用扇子啦，不用洗衣机用手洗并晾晒衣服啦，不吃带包装的食品啦，铺天盖地的。心思都好，却不大靠谱。

"低碳"归根结底图活得更好，如果反倒让人们活得受罪了，那宁肯不要。

若"低碳"就意味着抛却先进生产力，放弃人类文明成果，恨不得回到人与自然最原始的状态，把"低碳"搞成落后的生活方式，只要"低碳"而不要经济社会发展，还有什么比这更愚昧糊涂？

"低碳"也无须过度节俭，割舍生活享受。"低碳"以降低生活品质为代价，靠牺牲舒适生活来换取，只能说是一种悲哀。再"低碳"的城市，也得保证人们宜居。你希望拥有汽车改善出行条件，盼望买套大一点的房子改善居住条件，不能因所谓与"低碳"格格不入而作罢。

"低碳"理应通过科学的手段来实现——诸如开发新能源、发明新技术、创作新工艺等，却不能指望简单地通过废除或限制某种行为来达成"低碳"。

俗话说得好，未雨绸缪，有些事提前想到比没想到强。希望政府在实现"低碳"目标过程中，对那些不靠谱的主意、欠理性的说辞，不管出自何人之口，还是离远点好，以免干扰人们适度地去过好"低碳"生活。

至于那些炒作"低碳"的把戏，窃以为，仍不妨用"今天你'低碳'了吗？"这类话好好讽刺讽刺。

（此文略有删节）

荒唐的"理由"

瓜 田

近来又有某品种食用油被检出含超标 6 倍的致癌物质，消息一经披露，便闹得沸沸扬扬、人心惶惶。食品安全问题再次引起人们的担忧。

瓜田在这里不打算探讨食品安全问题，只想说说由此引发的另一话题——荒唐的"理由"。

据说，该食用油的问题早在今年 3 月便被发现，但生产企业和当地政府有关部门却秘而不宣，采取了偷偷召回的做法，还冠以堂皇之"理由"："粮油问题关系国计民生，不公开是为了维护社会稳定"。嘘，这哪是什么正当"理由"，实在荒唐得很。

瓜田顺着这样的"理由"想下去，不禁有点毛骨悚然。

有关国计民生的问题，必须保密，不便公开，那不就意味着，无须保密、可以公开的净是些鸡毛蒜皮的小事？

这当然叫人有点瘆得慌。倘若某个地方多年来就这样行事，叫人怎能不怀疑，那里有多少"有关国计民生"的大事欺瞒了民众！看来，必须要揭穿这一歪理，绝不能让民众稀里糊涂就中招，成为所谓"确保国计民生"的牺牲品。

瓜田对"不公开是为了维护社会稳定"这一忽悠相当感兴趣，以为说这话的人确实很有才，但绞尽脑汁也没想出"不公开"怎么就能维护社会稳定了，反倒觉得这对稳定有百害而无一利。

道理明摆着，企业产品出现了严重质量问题，不公开处理，搞偷梁换柱，短视地看，好像可以把民众糊弄住，杜绝了"闹事者"的出现；可长远地看，偷偷摸摸地召回了，舆论上没有受到谴责，刑事上不被追究责任，生产者不会汲取教训，效尤者更不会受到触动，加之制造假冒伪劣产品的成本很低、利润很大，就难保他们不会继续铤而走险。这叫养痈遗患，久而久之，他们的胆子会越来越大，恶行会越来越多，受害民众的面就越来越宽，蒙受的损失就越来越大，人们的愤恨和不满将会更大，很有可能把"姑息"当"维稳"，酿成严重的群体性事件，这只能给社会增添不安定因素，怎么反倒成"维稳"了？岂不怪哉！

提出该荒唐"理由"为自己狡辩开脱者，可能没有想到这么做影响之坏、之恶。但愿这只是认识问题。特别要注意个别官员，他们不替广大民众着想，不维护民众的利益，反而站在无良企业一边，替他们说好话，为他们遮丑行，助他们骗民众，是因为他们本身也是既得利益者。一旦民众看清了这类官员的真面目，有了风吹草动，对他们的话，就会反着听，甚至牵连到对政府说的话都不以为然，只相信社会上传来传去的小道消息。而一旦政府公信力丧失，民众不予信任，别说社会稳定了，弄不好会出大事的，这绝非危言耸听。

据瓜田观察，借"维稳"名义胡作乱为的，绝非这一例。比如，极少数信奉"不公开是为了维护社会稳定"歪理的政府部门，动辄就欺上瞒下，糊弄外界，愚弄民众，对事情真相遮遮掩掩，企图蒙混过关，但结果往往适得其反。随着事情的最终败露，必然引起众怒，导致矛盾激化，冲突加剧。最后不得不事后找补，下大力气"擦屁股"，真是得不偿失。

而今放眼中华大地，可谓已遍吹公开之风，不光经济领域的事要公开，政务、党务也在提倡公开，凡事不公开的时代一去不复返矣，这着实令人欣慰。尽管如此，瓜田觉得，对"不公开是为了维护社会稳定"这类荒唐的"理由"，还是警醒点好，以免其煞了我们可喜的风景。

2010 年第 11 期

从让人糊涂的"说明书"谈开去

刘绍楹

世界上有些事怪得很。比如产品说明书，本该明明白白告诉人家产品应怎么用，可偏有不这样的，你不看还好，看过之后简直一头雾水，把你整糊涂。说明书说不明，令人哭笑不得。

笔者的一位朋友天天去游泳馆游泳，因那里的公用拖鞋消毒不彻底，感染了脚气病。一日在商店看见有卖"脚气皂"的，就买了一块。用的时候，问题来了。说明书上写着，"洗脚时涂上本皂晾干即可见效"。仅此一句，再无别的解释。朋友心里开始犯嘀咕："洗脚时"涂上，被水一泡冲，等于没涂，怎么可能"见效"？涂上后等着"晾干"，不沾水，那还叫洗脚么？先洗完脚再涂，这肥皂沫何时才能"晾干"？等到晾干了，再洗一次脚不？这样惜字的说明书，绝对让你不知所从。

也有不惜字的大部头说明书。像五花八门的家电产品说明书，不少就是厚厚一大本，专业名词术语一个接一个，没有点知识功底还真弄不明白。有的进口产品，可能受翻译水平的影响，语句多有晦涩不通之处。一位亲戚买了洋牌子空调，说明书看了半天没明白，打电话找笔者过去帮忙。笔者一看，说明书上面的内容多达数十项，通读一遍至少需要一个多小时；若对照实物逐项操作，需要的时间更长。何况还有那么多看不懂的表述。这对使用者来说，实在不便。于是瞎按钮便成为首选。网上一项调查显示，在不愿看说明书的消费者中，有近70%的人认为看这种"天书"一样的东西，还不如直接打电话咨询方便。

药品说明书事关人们的健康乃至性命，绝对来不得一点玄乎的，可让人犯难的并不鲜见。报载，患者张先生咽喉不适，到药店买了一盒消炎药，准备服用时却被说明书整晕了，上面写着：第一日 0.5 克顿服，第 2 日至第 5 日一日 0.25 克顿服。何谓"顿服"？像吃饭那样一天三顿，还是一顿服完？张先生请教医生才明白，原来"顿服"，是指一天的药量一次服下。张先生不禁长叹：这么说多明白！干吗非要"顿"来"顿"去？还有常见的"每日服用 60~120 万单位"、"小儿酌减"之类，这"单位"是个什么概念？"酌减"怎么个"酌"法？减多了吃少了不起作用，减少了吃多了出现不良反应怎么办？生病吃药，人命关天，千万不能毁在一纸说明书上啊！

写到这里，突发联想，其实有些工作文书、文件，或说明一些道理，或说明一些事项，也起着类似说明书的作用。这些文书、文件写得明明白白，让人一看就懂，自然有利工作，倘若写得不明不白，自然有碍工作。笔者近年见过不少让人糊涂的文书、文件。别的不提，单说那上面像绕口令似的空话、套话、官话，常常就令人不明就里，绕来绕去一大圈，才说到正经事，笔墨都使在无用功上了，真正该说的其实就那么一点点。也有故作深沉、玩弄玄虚的，挺普通之事，非要弄得神乎其神，堆上一些费解的词语。延安时期，有宣传工作者在墙上写标语，把"工人"的"工"字中间的一竖拐了两个大弯，在"人"的一捺上加了三撇。毛泽东看了很生气，在整风报告会上作《反对党八股》演讲时专门对此提出批评，说这是"发誓不要老百姓看"。那些不简明的官样文书、文件，就颇像那墙上"发誓不要老百姓看"的标语。对这样的"标语"，当然还是尽早除掉的好。

2010 年第 11 期

切不可漠视下属犯罪

汪金友

前不久，北京市通州区卫生局计财科出纳李某，因挪用公款 190 多万元被判处有期徒刑 13 年 6 个月。该科科长杨某，因为漠视下属职务犯罪，没有正确履行监管职责，以玩忽职守罪被判处拘役 6 个月。据说这是法院首次对漠视下属犯罪的领导追究刑事责任。

乍一听，这个杨某好像有点冤。李某挪用的公款，全部用于自己和男朋友挥霍及赌博，一分钱也没有给杨某。况且李某挪用公款的方法较为隐蔽，从账面上根本看不出来，杨某未发现也情有可原。可钱被李某拿走了，杨某却跟着吃官司，被追究刑事责任不说，还丢官丢人。这种事轮到谁头上，都会感到窝囊、憋屈。

但换个角度去看，如果杨某真的尽心尽力、尽职尽责，李某可能就没有可乘之机了。检方指控说，杨某在担任科领导期间，不正确履行职责，违反财经纪律和管理制度，将支票和支付款项所需的财务专用章、个人名章等银行预留印鉴全都交由李某一人保管，且未予以必要的监督、检查、核对，使李某得以在 4 年多的时间里，不经任何审批程序从开户银行提取了大量现金挪用，给公共财产造成了不应有的损失。看来，杨某在其位，却不明其政、不查其政、不严其政，漠视下属犯罪，自己落个刑事处罚，也算罪有应得。

李某挪用公款明显属于职务犯罪。众所周知，任何一种职务，都是在系统和体制内运行，均要受运行程序的控制和监督。一环牵动一环，一环制约一环。如果完全按规范运行，那么哪一个环节的哪一个人，都难以做出不轨手脚。怕只怕一些环节上的一些人，忘却自己的责任，放松自己的警惕，忽视管理的漏洞，漠视他人的违法行为，就像一个哨兵，在自己执勤的时候溜号或打盹，便会给敌人留下可乘之机一样，那一些职务犯罪便容易得逞了。

细想想，无论挪用也好，贪污也好，受贿也好，几乎每一个下属职务犯罪，都与上面的直接领导的漠视有关。漠视一，虽然架起了篱笆，却留下很大的缝隙。即便手段非常低劣的犯罪，也能轻易得手。漠视二，自己的下属多次利用职务之便犯罪，却全然不察不知，甚至继续委以重任。漠视三，对下属犯罪有意遮瞒，家丑不可外扬，下属出了事，大事化小，小事化了，使其得以逍遥法外。

下属犯罪之所以有时被一些领导漠视，一个主要原因在于我们从来没有把"漠视"也认作一种玩忽职守罪。有些官员，贪污、挪用、受贿几百万、几千万甚至上亿元，而他们的上级，却没有一个因此受到法律的追究，大不了检讨一番，通常于己毫发无损，照样稳坐官位。这么一来，久而久之，便习以为常，反正下属犯罪也牵连不到自己，漠视了，出事了，都由下属一个人担着，有谁还拿不漠视当回事。于是，看到下属有成绩，乐意抢着去表扬，帮着去争荣誉；发现下属有问题，却不太愿意较真到底，甚至都不提起。

北京市通州区法院关于杨某的判决，开了领导因漠视下属犯罪被判有罪的先河，这必将成为全国同类案件的典型判例。但愿身为领导者都能看到这条消息，从而警觉起来，不漠视下属犯罪，防止下属去犯罪。

2010 年第 12 期

闲话"公务接待"

陈鲁民

夜读《萍洲可谈》，见记：苏东坡曾任杭州通判，相当于"公务接待"办公室主任的职务，每天的主要工作就是接待、陪同上级和各地来的官员及眷属吃喝游玩，最多时曾一个月游了二十多次西湖。而且他还不胜酒力，每天疲于应付，痛苦不堪，发牢骚说杭州通判这个差事简直就是"酒食地狱"。

更可怕的是有些上级官员还连吃带拿，更让地方官员苦不堪言。明代嘉靖十八年，兵部尚书兼右都御史翟銮奉旨到塞上犒劳军队，边塞文臣武将都全身披挂恭迎，一个个"陷膝污泥"，狼狈不堪，还唯恐不称翟的心意，被穿小鞋，竞相送礼。等到翟返回之时，财礼整整塞满了一千辆大车。

不必做过多考证，"公务接待"在以往确是官场常事，传统悠久。实话说，官场上有些"公务接待"必不可少，这古今皆然。但超规格的"公务接待"，花钱费力劳民伤财的"公务接待"，过多过滥烦不胜烦的"公务接待"，让下面头痛又不能不硬着头皮去接待的"公务接待"，就不是什么好事了。

可惜，这样不好的事，并没随着时光的流转而消失，"悠久传统"一直传到了今天。君不见，各种名目繁多的"公务接待"不仍然充斥官场、花费巨大吗？它不仅已成为一些地方财政的沉重负担，而且还滋生着腐败风气。前不久，山西平遥县古城管理委员会一负责人向记者透露，自被评为世界文化遗产后，繁冗的"公务接待"就开始令平遥县不堪重负。最多的时候，该县一年"接待"近10万人次，仅门票一项就少收入 1 200 多万元，还不算吃、喝、住、送。

有些上级官员，特别是像翟御史那样贪得无厌的官员，他们一下去，基层就没好日子过了，不是忙着组织欢迎，安排宴请，就是带着参观游玩，或陪着唱歌跳舞，最后还要备足土特产，塞上红包。于是，这样的下基层变成了"吓基层"、"捞基层"、"刮基层"。

而一些基层官员则很热衷这种"公务接待"，他们视此为交结上官以图后进的绝好机会，因此不惜劳民伤财，竭尽巴结之能事，唯恐服侍不周。也有心存反感的，可怕穿小鞋，影响日后"进步"，只好强装笑脸。

笔者希望基层官员都能做到清廉奉公，坚持原则，挺起腰杆，敢于向"公务接待"中的不良风气叫板。说到这，想起海瑞对待上级要员来访的一件事。一次上面某大员巡视地方，所到之处的官员都备好银两以尽孝心。海瑞闻之，书信一封质问平日所言廉洁奉公是真是假，该大员读罢面带愠色，下令不前往海瑞主政之地。结果，海瑞为当地财政省下了一笔钱。还想起何县令拉纤的故事。《新唐书》载，刺史崔朴带僚属游春经过益昌县，向县令何易于索民夫拉纤。何易于把笏往腰间一插，就俯身为崔刺史的游船做纤夫："眼下百姓不是耕作便是养蚕，只有我做小令的有点空，能够听您差遣，您就凑合着用吧。"此言此举，直愧得崔大人只恨无地洞可钻，赶紧"与宾客疾驱去"。

何县令的纤绳拉得好，拉得痛快，拉出了一个父母官应有的风骨和精神，拉掉了崔刺史的臭威风。何县令的纤绳拉得巧，拉得机敏，你要纤夫，我也不是不给，我自己亲自拉，让你哭笑不得，悻悻而去。

海瑞和何县令表现出的风范，今之官员应当学习！

（此文略有删节）

2011 年第 1 期

"拼爹"与教子

刘绍楷

去年下半年发生的"李刚门"事件，车祸肇事者李启铭不自责不道歉不救人，反而狂傲地呼喊"我爸是李刚"，结果引起社会舆论的一致谴责。无独有偶，紧接着在别的地方又接连发生了"我爸是某某"的"拼爹"事件，也受到人们的广泛指责。

还有另一种形式的"拼爹"。云南某县公务员考试，一个副县长的儿子笔试成绩平平，面试成绩却异乎寻常地高于所有竞争对手，最后以综合成绩第一名被录取。福建某县则爆出为官员女儿"量身定做"招聘条件的丑闻，现两名主要当事官员已被免去职务。湖南某市人事局长儿子大学没毕业，据说就被安排当了公务员。一些大权在握的人，甚至给上幼儿园的孩子设计"名片"，上面详细标注有权之爹的单位、职务等，那意思是，这孩子的爹厉害，一来阿姨们要善待孩子，二来阿姨有事尽管说，他爹神通广大。近来媒体又爆料，安徽某地事业单位招聘，竟有多名当地领导包括组织部副部长、纪委副书记、教育局副局长等人的子女进入面试名单，且这些人笔试成绩并不好。很显然，这虽然表面上设计了一个公平竞争的环境，实际上还是背后权力的较量。

公众在对少数"官二代"肆无忌惮地"拼爹"、个别官员以权势为子女捞好处的丑行进行痛斥时，也对官员教子的现状深表忧虑。

毫无疑问，少数"官二代"仗着老子有权横行霸道，凸显了当今一些人权力观的畸变，说明父贵子显之类的封建糟粕仍未除尽，香火未灭，且有了最新"续集"。《水浒传》里边那个高衙内，凭他老爹高俅乃当朝一品大员，光天化日之下调戏林冲娘子，还要害死林冲。如今少数

"官二代""拼爹"行径，本质上与此并无二致。年轻人不自立自强，仅靠"拼爹"出人头地，无疑是对社会公平的一种践踏。不合格的人上去了，合格的人却被剥夺了机会，真是岂有此理。人们对这类事件义愤填膺，实在情理之中。

《三字经》上有句话：养不教，父之过。儿子专横跋扈"拼爹"，从根源上讲，是为人父者正确的言传身教缺失所带来的。那个高衙内惦记上林冲娘子，高俅非但不制止，反而设法助其恶念，在白虎堂设计陷害林冲。有这样邪性的老爹撑腰，儿子什么坏事干不出来？像那种一旦闯了祸就大叫"我爸是某某"的孩子，其父们平常对他们施以了何种教育似乎不难想象！倘若父亲输送给孩子的全是"有权走遍天下，有权什么事都能摆平"的歪理，这些孩子不喊出"我爸是某某"才怪呢。而孩子仗老爹权势发迹，没老爹纵容行吗？倘若你对封建时代官员荫庇子孙那一套不以为耻，视为人之常情，不去教导孩子学正理、走正道，反倒用权力为他们开道，试想，这样的"官二代"能不到处炫耀崇拜老爹的权力吗？

年轻人是社会的未来。教育好下一代，传递文明、公平的种子，是社会不断发展、进步的希望所在，也是下一代确保个人正常步入社会、平稳立足的起码保证。"官二代"乃下一代之一部分，教育他们信正理，走正道，办正事，对他们的健康成长至关重要。为官的爹们务必要履行好教育子女的职责，引导他们向善弃恶，自立自强，千万不能凭借权力纵容荫庇子女干坏事，成为他们为所欲为的保护伞，以及用手中之权为子女助推铺路，谋取不当利益。爱孩子要得法，应培养他们平等待人的品性、勇于进取的品格，让他们靠自己的努力融入时代，赶浪弄潮，这才是对孩子最大的爱，真正的爱。相信有这样的努力，各式的"拼爹"闹剧，一定会越来越少的。

2011 年第 2 期

德国官员的"穷酸相"

徐恒足

德国官员的廉洁，不仅在欧洲而且在世界上也小有名气。他们不管地位多高，权力多大，在政务活动中都不讲排场，很少张扬，在个人交往中也一副"穷酸相"，公私分明，不揩公家油，不慷公家之慨，自家人更不能跟着沾光。

那么，是什么使他们的官员出现这样一副"穷酸相"？原来在德国，有十分健全完善的权力监督制约体系，其密如蛛网，触之伤筋动骨，就如同我国神话小说《西游记》中的紧箍咒，能有效约束住像孙猴子那样的顽劣之徒。公民就用这个"紧箍咒"来监督制约官员。前不久出版的《看天下》杂志介绍了德国在公车及专机监管、公款消费和收受礼品等方面的一些规定，从中就能窥出这种德式"紧箍咒"的鳞鳞爪爪，令人有别开生面的感觉。

关于公车及专机管理。官员在使用公家车时，会被划分为"公务行程"、"从家里到工作地点的行程"、"归家行程"等，按此分别计算个人应负担的费用，违者要受重处。2009年大选前夕，前卫生部长乌拉·施密特之所以彻底告别政坛，不是因为医疗基金改革失败，也不是因为抗击甲流不力，而是因为动用了公车去西班牙度假。默克尔度假时，出于安全考虑，必须乘坐政府专机。她的丈夫可以一同乘坐，前提是他愿意为之付费。那可是一笔不小的花费。当年施罗德就是因为承担不了这笔费用而不得不和家人分开旅行。他一个人免费搭乘政府专机，而他的妻子和女儿则自掏腰包乘坐便宜的班机。

关于公款消费。在德国，官员不分大小，一律不得用公款招待亲友或支付吃喝费用。曾担任经济部长的维尔纳·米勒说：我要是下班后想和施罗德一起在总理府喝杯酒，我宁愿自带酒水。官员即使在办公室为自己点一杯咖啡或者啤酒，他的办公桌上几天后也会出现一张个人付款的账单。

关于收受礼品。曾担任经济部长的维尔纳·米勒第一次参加内阁会议时就被告知，每年不能接受价格超过 300 欧元的礼物。

这些规定，不是"写在纸上"的空头支票或"喊在嘴上"的空洞口号，而是必须严格执行的法规。不管什么人，都要按规定执行，并接受公民的监督。若有虚假不实之处，立即会受到查处，轻则批评、罚款，重则丢官，直至追究法律责任。所以，谁也不敢草率应付。

看罢这些，我一直在想：德国作为一个经济发达的大国，之所以经久不衰，能有效抵御狂风大浪的冲击，除了有雄厚的经济基础和高度发达的科学技术支撑外，严格而有效的管理是不可或缺的重要因素。而在一切管理要素中，管好各级官员乃头等大事，也堪称特等难事。要真正管好官员，先得靠法律法规弄个"笼子"，把他们手中的权力限制在一定范围内。还要靠来自公民的直接监督，由他们给官员戴上"紧箍咒"。这种监督如恢恢天网，疏而不漏，谁敢触网，众人齐念神咒，他纵有七十二变也无处逃遁。这就是"紧箍咒"的神奇威力。"紧箍咒"乃国人创造，本是我们的"国粹"。不过既然它已在德国开花结果，倒不妨视之为它山之石，本着"拿来主义"的态度，取这部洋经回来，攻我之玉，以健全、完善我们的官员管理体制，让广大群众真正享有监督各级官员的权利。只有这样，才能让我们的官员也有一副"穷酸相"，廉洁为官，清白做人。

2011 年第 2 期

官升之后诸多"长"

郭庆晨

鲁迅先生当年所云的"人一阔，脸就变"，在如今某些官员升官后体现得最为明显。

有"官升脾气长"的。清代郑板桥在《历览三首》诗中曾惟妙惟肖地写道："乌纱略戴心情变，黄阁旋登面目新。"意思是说，乌纱帽才刚刚戴到头上那么一会儿，心态就大变了；去官衙上任，方踏进衙门一只脚，脸色就变得让人识不得了。现在的某些官员，他们一升官就这副样子，不仅说话腔调、走路姿态、举手投足的样子全变了，脾气更跟着大长，动辄就板着面孔教训人，惹他不高兴了，便雷霆大怒。

有"官升辈分长"的。唐代的李绅曾做过几个地方的刺史，晚年官至丞相。他既写出过"锄禾日当午，汗滴禾下土。谁知盘中餐，粒粒皆辛苦"的著名诗句，也干出过"认叔为孙"的丑事。李绅官运不顺时，曾在一个叫李元将的人家里寄居，并称其为叔。后来，李绅当了大官，不满意李元将仍叫他侄儿，李元将知趣，以兄相称，李绅仍不高兴，李元将再改为以侄自称，反过来管李绅叫起叔叔来，可李绅还是不悦。无奈之下，李元将不得不以孙辈自称，叫李绅为爷爷了，李绅方才勉强相容。这荒唐之事，古有之，今亦有之！一些边腐边升的贪官，其身边的"干闺女"、"干儿子"，有的岁数绝不比贪官小多少。一句出于行贿者口中的话"这点小意思孝敬孝敬你老人家"，立马让这样的贪官当起了人家的"爷爷"，尽管他头上连一根白发都没有。

有"官升待遇长"的。报载，一副局长提拔到另一个单位任局长。新局长甫一上任，便做四条规定：一是办公室必须"两大通间"外加一个"休息卧室"；二是前任用过的办公家具一律不用，全部重新购置；三是单位已预备下的专车新桑塔纳不用，非"奥迪"不坐；四是专门设置了三人服务体系，即文字秘书、生活秘书和专职司机。刚一升官就如此要待遇的，绝非报章披露的这一则，不客气地说，这么做的官员，似并不鲜见。

有"官升学问长"的。某些官员一升官就长"学问"。当副职之前还是副教授、副研究员，当上正职后，很快前面的"副"字不见了。官不够大时坐在台下听讲，官升得足够大时就坐到台上给别人讲了。学问与升官同升，学问随着官位长，盖因在其当"一把手"的一亩三分地里，自然学问也就最高了！大有"舍我其谁"之势！

有"官升赌瘾长"的。或许人们不会忘记那个巨贪——首都机场集团原总经理李培英，他的当官史就与赌博史密切相连。他当小公务员时，小赌而已；升任公安局长后，经常大赌；待成为执掌数百亿元资产的总经理时，则发展到不去公海上的赌船豪赌已不能满足赌瘾了。升官能让一个人赌瘾疯长，并最终因而丧命，简直让人难以置信。

除这些外，还有"官升酒瘾长"、"官升舞瘾长"、"官升色瘾长"等。升官能带动很多"爱好"的升级！

然而，细细想来，官员不过是社会分工的一种，官员与售货员、清洁工、农民工一样，都是为社会服务的，可没听说后者总像某些升官者那样这"长"那"长"的。关键在于一些官员被权力冲昏了头脑，以为手中的权柄越重，自己就了不得了，就高人一等了，就不可一世了，就可以挥霍享受了，就可以为所欲为了。呜呼，哀哉！如此升官，何益之有！

2011 年第 2 期

莫让"名片"变质变味

任 炳

继"市场是个好东西"、"民主是个好东西"之后,"××是个好东西"接踵而来,不断出现于报刊、网络、人们的口语之中,形成了一个创新的、流行的、时髦的、不用就跟不上潮流的"语言结构"。我也"前卫"一下、"紧跟"一下,用"××是个好东西"的"语言结构"来称赞一下被广泛使用的"名片"这个"好东西"。

"名片"确实是个"好东西"。好在何处?在众人看来,它是一个十分方便的交际工具。在人际交往中,即便互不相识,只要递上一张名片,姓名、单位、电话都一目了然,既不用自己费口舌,也不必让别人来介绍,省事省力,自然有效。

笔者多年得到不少名片,往往参加一个会议便能收受数张。不乏图案精美、套红喷彩的,让人赏心悦目。也有十分简洁的,上面光秃秃地写着姓氏名谁,再就是工作单位、联系电话和地址了,没有任何多余的内容。

然而,不少名片经过一些人的精心开发利用,其功能已远远超越正常的交际作用,具有了双功能、多功能甚至无所不能。

这等名片可用来敛钱、发财。你身无分文,借钱注册一个名称响亮、震人耳膜、诸如"环宇"、"洲际"等的空壳公司,再自封董事长兼总经理什么的,印成"名片",见人就送,身价便能迅速飙升,让一些不明真相者羡慕不已、肃然起敬,甚至紧追不舍,提出"投资"、"合作"的要求。一来二去,你的空壳公司,很快变成合营公司,你的腰包也跟着开始鼓了起来。或曰:这哪里是"名片"?简直是"明骗"!光天化日、明目张胆地行骗!当然说得更准确一点,是"蒙骗",利用小纸片先蒙人，后骗人。

　　这等名片可用来争权夺势。你把名片尽量粉饰得很体面，官位完完全全地予以充分展示，不光现职现位、实权实位一个不落，就是曾任职位、虚职虚衔也不漏写，诸如相当于什么级别的助理、调研员之类，这自然会让有些人对你刮目相看，你便能招徕一批攀龙附凤者，使之追随你的身影，围着你转，甚至拜在你的脚下，形成以你为中心的势力。你可以充分利用自身价码，张罗个什么"协会"、"学会"、"恳谈会"之类的组织，自己当个这"会长"那"主任"的。也可以"拉大旗作虎皮"，捧起一个或几个比你官大名大的人，让他当"名誉会长"、"名誉主任"，你做常务副会长兼秘书长掌握实权。而一旦权在手，你就可发号施令了。

　　这等名片可用来扬名争誉。你特别珍惜那张小纸片，淋漓尽致、一览无余地写明显赫成就。不仅列上"官衔"，还署上某大学兼职教授、特约博导、论文评审组成员、杂志编委等头衔，以充分展示自己并非胸无点墨的官僚一个，而是学识渊博的"知性领导"，诱人"心动之、敬佩之、仰望之"。按此逻辑，还应增加从小到大成长的"光荣历史"和"耀眼亮点"，类似上小学时当过少先队中队委员、上中学时曾任班级黑板报主编、上大学时做过舞蹈队副队长等。这样才能证明你"成功"绝非偶然，一切顺理成章，说明你从小就有组织能力、写作能力、运动能力和艺术修养，表明自己虽非生下来就是一块"成功人士"的料，但这"出类拔萃"也绝不是凭空掉下来的，更不是靠"关系"被拉扯上去的，确实有"童子功"那样的深厚功底。这岂不更好？

　　此类"名片"或多或少地走向了反面，绝非什么彻头彻尾的"好东西"了，它不是被引入了邪道，就是被玷污了，再就是被用过了头。

　　"好东西"好好用才是"好东西"，否则，"好东西"也会变质变味的。

2011 年第 4 期

中年的期冀

陆士华

人的中年，好多问题都道不明。比如年龄段的划分，就没个有准的论法。老年好说，通常按 60 岁退休算，这以后便属老年了。那中年从何时算起呢？似无定论。孔子曰"三十而立"，施耐庵则云"人生三十未娶，不应再娶"，似乎把 30 岁当作了中年界限。但古人平均寿命比现在短，恐难以照搬。《现代汉语词典》解释：中年，四五十岁的年纪。不过有人说此定义也模糊，认为中年就是人生的中段，如果以平均寿命 80 岁计算，80 除以 3，中年大约就是 27~54 岁。总之，说法众多，莫衷一是。

不管人的中年怎样认定，说中年是人一生中最劳累辛苦的阶段，大概不会有什么异议。一个人对社会、家庭的贡献，大都在中年完成。贾平凹说："中年是人生最身心憔悴的阶段，上要养老，下要哺小，又有单位的工作，又有个人的事业，肩膀上扛的是一大堆人的脑袋，而身体却在极快地衰败。"他是有感而发的。说这番话的时候，他刚写完《高老庄》，那时他 46 岁，正是"很中年"的岁数。

不是有句调侃的话嘛："中年用健康去挣钱，老年用花钱买健康。"这好像是中年人的无奈，他们有多少健康就要去挣多少钱，似乎别无选择。怪不得有人开玩笑说"健康就是本钱"呢。中年人透支最多的，无疑是自己的身体。中年人对自己如此，别人对中年人也如此。所以社会时兴"以财富论英雄"，而非"以健康论英雄"。有媒体报道说，某地一名在外打工的男子返家时，因带回的钱不多，被妻子拒之于门外。男子无奈之中求助警方。虽经民警反复劝解，妻子依然拒绝开门，并扬言要离婚。这是"以财富论英雄"的极端例子。我们平时总愿过平安、祥和、喜庆的日子，这是顺理成章的事。有平安才有祥和，有祥和才有喜庆。现在看，并不是所有人都能过上这样的日子。比如中年人，往往因结识"孔方兄"太少而抑郁得很，甚至让一家人都高兴不起来。

在一些体制改革中，往往实行"老人老办法，新人新办法"。中年人呢，似乎并没什么"中办法"，前边哪怕是急流险滩，也后退不得。同样有媒体报道说，目前生活成本高，拦住进城务工潮，很多城市农民工人数明显减少，而在非要进城的农民工中，很多年纪都在 35 岁以上。为什么 35 岁以上"拦不住"？因为他们没有别的办法，他们是中年人。

中年的年龄段归属不清多少说明一点，社会对人的中年不够重视，总认为中年人无须过多关照，似乎中年人连天塌下来都不怕。不过，这种现象正在有所改观，值得欣喜。这两年，在一些地方，政府开始为照顾老年、儿童的家政服务培训"埋单"了，以缓解"保姆荒"。这其实可以看作政府对中年人的投资。中年人扛得起自个儿的小家，才扛得起国之大家。这种投资是值当的。其实就是这样，所有社会对家庭的服务，都可以看作对中年人的服务。而人的中年，无疑是期冀这种服务越来越多才好。

2011 年第 6 期

"升三级"与"降三级"

劳　骥

少时听过"连升三级"的相声，名家刘宝瑞的代表作。段子说的是：目不识丁的张好古，凭家里有钱，借奸佞魏忠贤势力中进士、当翰林，又由糊涂皇帝朱由检给他"连升三级"。故事生动有趣地揭露了封建官场的黑暗，让人忍俊不禁，捧腹大笑。

史上也不乏"连降三级"之事。一次，朱元璋要杀功臣宋濂，魏国公徐达力劝，惹朱大怒，当朝连降徐官职三级。

想起这些，因最近听到旁人新解"连升三级"和"连降三级"——为官做事，应具备转换职务身份意识，在谋事上"升三级"思考问题，在干事上"降三级"抓好落实。

仔细想来，此言振聋发聩。

谋事上"升三级"，言意不能囿于那点"自留地"，光在眼皮底下打转，站位要高远，视野要宽阔，想问题要有全局意识。大凡人在单位，都会有相应岗位与职责。而做好本职工作，完成分内任务，自是必须。但这还不够，应有更高标准，就是着眼大局、服从大局，超越己身位置去谋划工作。比如，局级单位的科长思谋工作，就不妨转换角色，以"升三级"后的局长身份来审度全局、分析全局、应对全局、配合全局。这样做本职工作，必会使其上水平、上档次、上台阶，何乐而不为？

再往深里说，"小人物"也应想大事、思根本、谋长远，职务低眼界不能低、责任心不能低。正可谓"位卑未敢忘忧国"，"天下兴亡，匹夫有责"。这亦如下棋，卒子也要奋力前冲。若心无大局、罔顾大局、不见大局，该冲不冲，该上不上，只消极地"安分守己"、自扫门前雪、

"铁路警察各管一段"，就算你把"自留地"种上了，也不会丰收，更无须说这样的"自留地"凑在一起，整块田也不会获好年成。只有在"一盘棋"大局下"升三级"谋策，并在"一元化"领导下积极行动，才可能全局皆活，全盘皆赢。

干事上"降三级"，就是要俯下身子、放下架子抓落实。身为局长，不妨像科长那样一竿子插到底，脚踏实地深入基层、深入群众、深入实际，把握第一手资料，了解最真实情况，体察最实际问题，寻求最佳解决办法。不高高在上，不天马行空。有位县委书记，一年接待群众来访1 100多人次，督办信访案390多件，且就群众反映宅基地分配不公问题，头顶烈日到村里实地测量，还为解决群众吃水难问题，坐到农民炕头上商量。最近，山西省副省长刘维佳自带被褥，直接下到扶贫村，住农户、入田间，面对面了解群众生产生活需求与疾苦，两天查出"农村中灌溉工程利用率不高"等诸多问题，引起转变官场作风的强烈反响。人们说他们大官当小了，他们却说大官当小了好，便于抓落实。那些认为管了"芝麻事"就成了"芝麻官"，就降低了身价的人，也许不在图谋干事，只在当官而已吧。

"升三级"与"降三级"乃转变作风之比喻。"升三级"并非越权越位，并非好高骛远，并非不种"自留地"、只种"他人田"；"降三级"也并非降低标准，并非不思进取，并非包办代替、事无巨细。它在讲为官做事的一种境界、一种理念、一种风气。居庙堂之高也罢，处江湖之远也罢，只需把"官本位"那套看得轻些，把干好工作看得重些，"升三级"与"降三级"的作风转变，就一定能实现。诚哉此言！善哉此言！

2011 年第 8 期

浮躁的专家

陈鲁民

当一名专家，对我而言，乃毕生所向往。一直以来，我视专家这个称谓很神圣。大凡专家，学历职称高，术业有专攻，学业有专长，破难题迎刃而解，看病药到病除，破案手到擒来，讲课让人茅塞顿开，因而让人高山仰止。

可惜，我天生愚钝，人生大半已过，仍和专家离着十万八千里。不过，像我这样缺少定性、定力的人，还是别成为专家好，否则肯定是个浮躁的专家。

如今环视一下周围的专家，且不说感觉太多太滥，似乎到处都是专家，去医院看病，有专家门诊，拧开收音机，有专家介绍灵丹妙药，打开电视机，有专家大谈养生之道，翻阅报刊，有各式各样的专家指出、专家认为、专家呼吁、专家评述，而且能发现，浮躁的专家也与日俱增起来。

何谓浮躁的专家？弄虚作假的专家、沽名钓誉的专家、坐不住冷板凳的专家、被金钱迷住眼睛的专家即是。

唐代诗人杜牧，把不满意的诗稿统统烧掉，只留下200多首，皆精品力作，这才有了流传至今、朗朗上口的"南朝四百八十寺，多少楼台烟雨中"的名句。而"高产诗人"乾隆皇帝，一生写诗45 000首，多为无病呻吟、应景凑数之作，竟无几首流传、广为人吟。著名画家吴冠中有毁画之习，对不中意的画，一律毁掉。吴老的画，堪称金贵，每毁一幅画，就等于烧掉一座豪宅。但他从不改悔，画到老，毁到老。民国时有位赫赫有名的大学教授黄侃，三十岁前不发表文章，五十岁前不著书立说，只埋头读书、教书，他不幸英年早逝后，章太炎对其这点倍加推崇。反观眼下浮躁的专家，却急于求成，急功近利，急着发表文章，急着著书，急着扬名，一年出书多本，东拼西凑，毫无新意，甚至漏洞百出。书没少出，可皆为平庸之作、无味之作，少有传世之作。

专家心浮气躁，难免就时不时弄些丑闻出来。君不见，有的专家无利不早起，小人爱财，取之无道，被红包收买，为假冒伪劣的艺术品当托儿，只要给钱，让说什么就说什么，只要有好处，让怎么鉴定就怎么鉴定。骗子自制并不值钱的"金缕玉衣"，也能隔着玻璃柜子草草一观，然后昧着良心，胡乱开出 24 个亿的天价。君不见，有的专家，仗着院士、教授的学术地位，凭着校长、院长的权力，把别人的研究成果据为己有——自己并没干什么，只挂个名而已，便到处张扬这是个人的发明创造。君不见，有的专家，弄虚造假，抄袭他人论文著作……

浮躁的专家中不乏逢会必到，有请即来者，什么咨询费、答辩费、出场费、辛苦费、宣传费、车马费等，见钱就收，来者不拒，多多益善，大发其财。也不乏为了出名立腕，什么场合都敢作秀，什么问题都敢言说，什么事情都特明白，什么节目都敢露脸。谨言慎行全忘掉，俨然就是个全才，没有自己不能指点江山、指手画脚的。

看来，去除浮躁，对当好专家极为重要。这就必须增加定性、定力，淡泊名利，耐得住寂寞，自重、自爱、自尊、自励，莫受红尘纷扰，把热得发烫的功利心冷一冷，摆正自己的位置，务好自己的正业；甚至在金钱、荣誉、头衔、名位面前，不妨有点"傻"气，有点"憨"气，有点"迂腐"之气，有点"书生"之气。我以为，专家找回这几种气，也就离浮躁的专家远去了。

近日，我们的专家队伍传来天大的喜讯，一位默默无闻的女专家屠呦呦一举夺得素有诺贝尔奖风向标的拉斯克奖，以至于很多人都觉得突然，不知这是从哪儿杀出来的巾帼英雄。屠呦呦既非院士，也非著名人士，却以 40 年的持之以恒，最终发现了治疗疟疾的特效药青蒿素，挽救了数百万人的生命。她是不浮躁的典型，我以为，值得所有专家向她看齐。

2011 年第 10 期

说"快"道"慢"

任　炳

"快"，指很有速度。

环顾当世，"快"无处不在。曲艺中有"快"板、"快"书；摄影机中有"快"门；爽快的人说话叫"快"人"快"语；紧急传递的文书叫"快"报、实物叫"快"递；简便省时的饭食叫"快"餐；跑得"快"的车叫"快"车；落笔成文的作者称"快"手……

在一定条件下，"快"否决定胜负、决定得失、决定荣辱，乃至决定生死。关云长斩颜良诛文丑，百万军中取上将之首，不仅靠好身手，更靠一匹飞"快"的赤兔马。冷兵器时代，骑兵靠"快"优于步兵，使成吉思汗的铁骑，席卷欧亚两洲。鸦片战争国人失败的一个原因，就是大刀长矛打不过西洋人的"快"枪洋炮。

"快"，引人注目、令人兴奋、使人追随。"快"，人们极力追求的一种状态——生活上讲"快"富，工作上讲"快"办，发展上讲"快"速。

然而"快"和好绝不可画等号，"快"并非都好。物朽得"快"，人老得"快"，物价涨得"快"，歪风吹得"快"，以及"快"腐、"快"败、"快"倒、"快"死等，都是人们所厌恶的。

史上曾有的"大跃进运动"，在经济社会十分落后的情况下，不切实际地抬高指标，提高速度，高喊"超英赶美"，最后欲速则不达，走向了反面，变成了"大跃退"。在条件不具备加"快"时，却贸然行事，搞什么突击、跃进、提速，必然头撞南墙，失血失神。近几年一度令人欢欣鼓舞的高铁在"快"速发展中，结果发生了"7·23"火车相撞的重大伤亡事故，血的教训使高铁的建设速度和行进速度不得不放慢下来。而"楼歪歪"、"桥垮垮"、"地陷陷"的"短命工程"，大多与赶工期有关。今年"十一"黄金周造成52人死亡的三起重大交通事故，也多因超速、超载造成。

"慢"，则指缓一些的速度。"慢"有"慢"的好处，"慢"工出细活，"慢"步展雄姿。打太极拳讲缓"慢"柔长，能调动体内各器官的生机活力。闲庭信步比昂首阔步来得从容。有时，"慢"下来，才能更好地领略世间风情，正如那首歌唱的："马儿啊，你慢些走，慢些走，我要把这迷人的景色看个够！"

当然，"慢"，不是偷懒不做，不是坐待己成，不是畏缩不前，不是不思进取。需要"快"也可能"快"时，却犹豫徘徊，一味求"慢"，只能丧失机遇，悔之莫及。

从来"快"与"慢"都是相对的，也都是因时、因地、因势而定的。凡事该"快"则"快"，该"慢"则"慢"。"快"、"慢"都应适度。量腹而食，度身而衣，才是实事求是的科学态度；有"快"有"慢"，才是发展的常态。我们经济发展的一条指导方针，曾是"又快又好"，"快"字当头，后改成了"又好又快"，好字当头，一字之变牵动全局，实际上是发展观的转变。好是目标、是前提，速度再"快"，如果质量不高，结果不好，反而更糟，其造成的困难，往往比速度"慢"还要大。北京市今年上半年GDP增长比去年同期减少两个百分点，由在全国各省市排名靠前变为垫后，但不仅没人责备，反而赢得一片赞扬之声。原因就是，这一"慢"为调整经济结构、推进经济质量升级换代创造了条件，体现了求实精神和科学的发展观。

常言道："文武之道，一张一弛"，"走得太快了，要停下来等等灵魂"，"走得过慢了，要提提精气神"。

（此文略有删节）

2011年第11期

官的来处

孙　巍

《二十年目睹之怪现状》中的典吏卜世仁，总结了一套做官经验："做官的第一秘诀就是巴结。人家巴结不到的，你巴结得到……马上就可以高升。"历史上，依靠巴结上司而获得官位或升官的，可谓数不胜数。南宋的赵师怿，为了让上司高兴而学狗叫。明朝的王佑，为了升官而拜大太监王振为干爹。

对"官从巴结中来"深信不疑的人，只把让上司满意当作第一目标。古人奉举官从巴结中来，迫于旧时官本位的政治体制，上级官员对下级官员握有生杀予夺之大权，他们手里拿捏着一顶顶乌纱帽的去处，给张三李四扣上全凭一人裁决。在这种官场背景下，想在人家屋檐下不低头也难。于是，投其所好，趋炎附势，便成官场不二法则；洁身自好，不肯就范，反倒有些另类。旧时之所以不像今天，成全不了很多刚正不阿的官员，善于献媚奉迎者却不少，原因恰在于此。自然，这里也有个人性问题，且无论古今，概莫能外，这就是大凡为人，很难不喜欢别人巴结自己。而巴结一大招数，乃讨好也。有个寓言，很能说明问题。一次，讨好精来到天庭，欲探探各路神仙吃讨好否。关公把门，大喝一声："尔来做甚，此处无须讨好也！"讨好精不慌不忙应答："你就放我进去吧。你何等英雄啊，杀颜良诛文丑，温酒斩华雄，干吗跟我过不去。再说，你华容道义放曹操，传为天下美谈，怎就不能放我进去？"关公闻听此言甚喜，遂让讨好精进去。瞬间进者即出，关公忙问："可有吃讨好者？""阁下当是。"关公一时脸红。连神仙都躲不过别人的讨好，遑论凡人了。或许正是这种人性的缺陷，才使巴结能屡屡得手，才让官场巴结之风长盛不衰的罢。

官从钱中来在以往就更司空见惯了。钱的神通，不可小看，既可无翼而飞，又能无足而走，用来买官，再好使不过。那时，相中一官位，多破费也定弄到手的大有人在。因为官从钱中来的后续篇章是钱从官中来，"三年清知府，十万雪花银"，买官的钱收回来不说，更可巧取豪夺颇多。真是买什么都不如买官，只要乌纱帽一戴上头，样样就都到了手，世上不知什么能比这更值。而有买官的，就有卖官的，卖者无论官府还是朝廷，都肥得流油。可最终倒霉者谁？不言自明。如今好像仍有人做着官从钱中来的事。不过，毕竟今非昔比了，再如过去那样肆无忌惮地行此龌龊勾当，已大不易。那些被查出来的违规违纪者，已然证明了这一点。

官从跑中来似乎绵延不绝了多年。今日仍能听到这样的顺口溜："不跑不送，原地不动；又跑又送，向上流动。"对"官从跑中来"奉若神明的人，大都掌握几门这样那样的"跑官"学问和技巧，而善于研究揣摩上司几乎为必修课。近来拜读某官场笔记小说，从头到尾讲的都是这类事情。书中主人公，不仅研究上司的所有讲话，而且揣摩其所有生活习惯，然后周密策划，常跑勤跑，跑前跑后，终于如愿以偿，青云直上。看罢该主人公"跑官"相，不禁感到可怜又可悲。

其实，官的来处于今已有明明白白、堂堂正正的答案，那就是从踏实肯干中来，从本领能力中来，从正常任用和提拔中来。但不知怎的，这答案在有些人那里并不算数。这就提醒我们，在坚守这答案上，还有许多事要做。

2012 年第 2 期

"伯乐相马"与"赛场竞马"

辛 民

春秋时期的秦国，有一名士姓孙名阳，具有相马的特长，被他看上的骏马即刻身价十倍。于是，时人便以神话中掌管天马的星名"伯乐"来称呼他。"伯乐"后来被比喻为善于发现和选用人才的人。

古往今来，在选贤任能方面，"伯乐"的作用不可低估。新中国成立以来，我们党内的老一辈革命家和一批富有丰富经验的领导人，都以领导者的慧眼，发现优秀人才、举荐优秀人才、培养优秀人才。这些优秀人才经过历练，有的走上了党和国家的领导岗位，有的成为一个地方、一个部门、一个单位的主要领导或领导骨干。他们在社会主义革命和建设中，在改革开放的历史新时期，发挥了极其重要的作用。

"伯乐相马"有两个环节：一是举荐者堪称真正的"伯乐"，有公正无私的襟怀、知人善任的能力、勇于举荐的魄力。二是"马"必须是真正的好马、骏马、千里马。也就是说，被举荐者不仅要有良好的综合素质，在德、才、能、廉等方面均有出色的表现，而且"路遥知马力"，要经得起被重用后权力、地位、名利的考验，始终保持共产党人的蓬勃朝气、昂扬锐气和浩然正气。

在干部和人才的选拔任用方面，"伯乐"的历史作用不可低估。但随着形势的发展变化和干部人事制度改革的不断深化，光靠"伯乐相马"已远远不能适应干部人才队伍建设的需要。而且，我们不能不看到，一些人以"伯乐"自居，相自己小圈子的"马"，违反干部选拔任用程序，搞亲亲疏疏、团团伙伙那一套。为防止在选人用人上个人说了算的不正之风，近些年来党和政府在干部、人才的选拔任用方面，越来越多地采取了"赛场竞马"的方式，不断推出一系列民主推荐、民主测评、差额考察、任前公示、公开选拔、竞争上岗等制度，扩大了选人用人上的公信度，完善并严格执行在干部人事工作中党委内部议事规则和决策程序。

相对于"伯乐相马"，"赛场竞马"更有诸多优越性。一是增加了选人用人的公开性、公正性、公平性。俗话说："是骡子是马，拉出来遛遛。"有了一个"赛马场"，各种优秀人才便可以在同一起跑线上，比品德、比能力、比知识、比才干，领先者得到任用，这就为优秀人才的脱颖而出创造了机会，提供了条件。二是有利于扩大干部选拔任用过程中的群众参与和群众监督。群众是"赛马场"的观众。实际上，一个干部的优劣，群众最有发言权，群众最有评判力。让群众参与干部、人才的推荐和选拔，避免了个人说了算或少数人说了算的现象，有利于在干部、人才工作中贯彻落实党的群众路线。

推进中国特色社会主义伟大事业，人才是关键，干部是关键。大到一个地方、一个部门，小至一个具体单位，有了一个好的带头人，有了一个好的班子，有了一批优秀人才，工作就会发展，事业就会兴旺。因此，在不排斥"伯乐相马"，并使"伯乐相马"完全符合干部选拔任用必备程序的同时，应更多地营造"赛场竞马"的氛围，创造"赛场竞马"的条件，提供"赛场竞马"的机会。这样就可以在干部、人才推荐和选拔的"赛场"上，展现万马奔腾的生动景象，形成人才辈出的崭新局面。

2012 年第 3 期

"接地气"

止 耳

"接地气",乃一民间用语,意为大地富有无限气息和巨大能量,与其相接便可促进事物茁壮成长。"地气",辞海有解:曰"地中之气"。其出自《礼记·月令》,孟春三月,"天气下降,地气上腾"。树木"接地气",枝壮叶茂,参天挺拔;花草"接地气",葱翠欲滴,争相吐艳;庄稼"接地气",长势喜人,丰收在望……

人更需"接地气"。生在农家,总在田野里劳作,身体就强健;住在城里,常去公园走走,则身体健康。

引申开来,在别的方面也应"接地气"。

教师讲好课,受学生爱戴,自然要接好学生的"地气";园林工人让树木葱茏,也得接种花养草知识的"地气"……三百六十行,哪行干得好,干出名堂,都得接好"地气"。

文艺作品让人爱看、耐看,少不了"接地气"。记得,有人问冯小刚拍好电影的秘诀,他给出答案:"接地气";《乡村爱情》系列电视剧收视率一路高扬,赵本山说因为这是一部农村人拍的农村戏,"地气"十足;《幸福来敲门》《家常菜》等电视剧,讲述普通人柴米油盐的鲜活故事,也接足了"地气",人们岂能不爱看?如果不"接地气",远离现实,观众就会用脚投票。

新闻记者的采访报道让人爱读、耐读,自然离不开"接地气"。而今媒体倡导"走基层、转作风、改文风",就是在"接地气"。只有"接地气",才能真正熟悉群众语言,学会群众语言,善用群众语言。群众的语言最生动、最活泼,最富有生活气息。一味在办公室苦思冥想、生搬硬套，写不出清新鲜活、让群众喜闻乐见的文章。只有下到群众中去，和群众打成一片、说得上话，群众才会和你掏心窝子交流，你才能听到来自生活、发自肺腑的心里话，这样写出的报道才会有生命力、感染力。

党员干部做好工作，更须"接地气"。毛泽东有句名言："没有调查就没有发言权。"所谓调查，若生动形象地比喻，不妨说就是"接地气"。当年有些党员干部作风不良，脱离群众，全然不知下情，凭主观臆断指导工作，对此，毛泽东提出党员干部必须放下臭架子，甘当小学生，深入群众，调查研究，了解实情。毛泽东指出，不这样做，闹出类似"何不食肉糜"的笑话绝非危言耸听。的确，对党员干部而言，群众就是"地气"，须臾离不得、疏远不得，不然就成了无本之木、无源之水，失去执政智慧与力量源泉。从党员干部深入群众的实践与体会来看，"接地气"可谓好处多多、益处大大。"接地气"能积淀底气，了解群众的所思所想所盼所求；"接地气"能生发灵气，从群众的实践中找到新点子、新思路；"接地气"能催生正气，群众的诚实淳朴，会让自己的心灵受到洗礼，思想得到升华；"接地气"能汇聚朝气，在群众的火热生活中接触新事物，学到新知识，燃烧激情，催发干劲。

希腊神话中的巨人安泰俄斯力大无比，只要他脚踏大地，就无往而不胜。可当他的对手赫拉克勒斯发现其秘密后，把他举在半空中，他就断了"地气"，被杀死了。这个神话故事流传了千百年，寓意深刻。它提醒我们的党员干部，到任何时候，在任何情况下，都千万别忘了"接地气"，始终和群众在一起，唯有如此，才能使自己永远立于不败之地。

2012 年第 10 期

复兴中华必凝聚民心

芥　末

得民心者得天下，失民心者失天下。复兴中华必凝聚民心。中华民族伟大复兴的中国梦，近现代无数志士仁人，为之流血牺牲、苦苦探索了多年没有成功。还是代表最广大人民利益的我们党，领导亿万民众推翻了"三座大山"，建立了新中国，使中华民族出现了翻天覆地的变化。特别是改革开放以来，我们党集民智，聚人心，历经艰辛与坎坷，带领人民阔步走在中国特色社会主义康庄大道上。历史证明而且将继续证明，只有我们党才能救中国，只有我们党才能领导人民复兴中华。

但必须看到，我们党这种领导地位并非一成不变，因为执政的共产党人还面临着有的干部蜕化变质、脱离群众的极大风险，搞得不好，就可能"人亡政息"。恩格斯在总结巴黎公社经验时就指出，为了防止国家和国家机关由社会公仆变为社会主人，必须始终保持公仆意识。毛泽东为了探讨跳出"人亡政息"的历史周期律，也多次指出，"官僚主义和命令主义在我们的党和政府，不但在目前是一个大问题，就是在一个很长的时期内还将是一个大问题"，并领导党和政府大张旗鼓地打击干部的蜕化变质，对党内官僚主义现象进行严厉整饬。嗣后，党的几代领导人都对腐败与官僚主义现象做过深刻剖析与坚决抵制。党的十八大报告则直接用"亡党亡国"来阐述反腐倡廉、克服官僚主义问题的极端重要性和紧迫性。日前，习近平总书记在中共十八届中央政治局第一次集体学习会议上指出："一些国家因长期积累的矛盾导致民怨载道、社会动荡、政权垮台，其中贪污腐败就是一个很重要的原因。大量事实告诉我们，腐败问题越演越烈，最终必然会亡党亡国！"

不必讳言，自我们党成为执政党以来，特别是在改革开放的历史条件下，由于没有了抛头颅洒鲜血的生存危险，工作环境与生活条件发生了优越变化，再加上权力监督的缺失和市场经济带来的利益诱惑，一些党员干部的群众观念淡化冷漠，热衷于搞形式主义、官僚主义，甚至搞起权力寻租、贪污受贿的腐败行径。党员干部队伍存在的这些问题，不仅为人民群众深恶痛绝，而且桎梏着改革开放的活力，羁绊着民族复兴大业的步伐。

因此，对足以导致涣散民心的行为、风气，诸如形式主义、官僚主义、特权主义一类的顽疾，就得下猛药予以根治。否则痛失民心，别说实现中华民族复兴伟业了，恐怕人亡政息也非天方夜谭。所以，习近平总书记要借用国歌中"中华民族到了最危险的时候"来告诫全党，可谓振聋发聩，激彻心灵。

常言道：上下一心，其利断金。但心要以心换。近来，我们看到一系列以心换心之举。新一届党中央政治局出台的《关于改进工作作风、密切联系群众的八项规定》，力度之大、意志之坚、行动之快，前所未有，就是这样的以心换心之举。中央领导在改变作风上率先垂范，从自身做起，顺应了民意、赢得了民心。当然，仅有中央领导的带头尚且不够，还需层层"链式效应"，否则仍可能功亏一篑。只有全党皆行动起来，都用一颗真正的公仆之心去凝聚民心，中华民族伟大复兴的中国梦才能实现。

2013 年第 2 期

考量官德察"三处"

雷文天

做官先做人，官德即人品。为官人品如何，官德怎样，不能但凭口说，须经考量定夺。

《菜根谭》有云："小处不渗漏，暗处不欺隐，末路不怠荒，才是个真正英雄。"其意为：一个人在细枝末节、些微尾腻的小事上一丝不苟，在无人所见、蔽匿不露的隐暗处心底无私，在面临困难、遭遇窘迫时不放弃追求和志向，这样才堪称真正的英雄。

如今考量官德，不妨以此为鉴，从"小处"、"暗处"、"绝处"察起。

"小处"察"漏"——小中见大，防微杜渐。古人说得好："轻者重之端，小者大之源。"考量官德，须看大德，亦应重"小处"。

当前，以德为基、重品砺节的官员是主流。但不饬小节、因"小"败德的官员也非罕见。他们搞"小圈子"，拉帮结派，论团团伙伙、亲亲疏疏；贪"小便宜"，吃点喝点，捎带拿点，揩公家之油，捞蝇头小利；玩"小动作"，明修栈道，暗度陈仓，桌子上敬酒，桌子下踢脚；耍"小聪明"，热衷数字出官、泡沫弄政，场上"会看势"，场下"会来事"；传"小道消息"，好捕风捉影、故作玄虚，自诩民间"组织部"、官场"发言人"。这种种"小处"，若因"小"而不察，任其暗长，必致德基不固、失德败德。

"暗处"察"隐"——暗不欺隐，表里如一。考量官德，常有明考、暗察之分。明考考"显德"，看人前、台上怎么样？暗察察"隐德"，看人后、台下又如何？目的只有一个，让为官者言行一致，表里如一。

"暗处"察"隐"，那如今官员工作之余"忙"什么，离任之时群众

"说"什么，必予细究。八小时之外是忙"充电"、忙"补短"、忙励志、忙修身，还是忙于串门子跑关系、赶场子搞应酬、亮嗓子拼歌喉、打麻将掷骰子，忙的不同，境界自现。离任之时，原领导、同事、部属、群众对他是多誉少毁，还是嗤之以鼻；是留而恋之，还是厌而恶之；是亲近有加，还是人走茶凉，这之中都能透出离任者不同的胸怀、气度、人品、官德。"政声人去后，民意闲谈中。"为官者离任后的评价，往往最客观、最公正，也最真实。这应该成为我们考量官员"隐德"的方式选择和评价依据。

"绝处"察"真"——临危不惧，变不易节。"绝处"即"末路"，"真"即本性。一个人在事穷势蹙、穷途末路之时，是选择向左，还是向右，是临难不折，还是改弦更张，反映的往往不只是能力和态度，更是责任、担当和人品。所以古人说，"人临绝处本性始见"。

今之官员，也会面临一些"绝处"，即环境艰苦时、任务紧迫时、生死考验时。置身艰苦环境，是怨天尤人、熬天度日，还是不惮困危、迎难而上；面临紧迫任务，是左推右拒、争功诿过，还是挺身而出、勇于担当；经受生死考验，是屈膝变节、苟全性命，还是坚守操履，生死不渝，这些都堪称考量官德的重要时节、关键内容。而通过"绝处"察"真"，官德之优劣高下，自会澄澈分明、人尽了然。

2013 年第 2 期

"盛情难却"亦当"却"

莫清华

一些贪官东窗事发后往往会道出这样的"苦衷"——"盛情难却"，以此为自己的污浊行为进行辩解。仿佛是"盛情难却"惹的祸，似乎是别人害了他们，而他们无可奈何，相当无辜。"盛情难却"成了一块狡辩的遮羞布。

远在两千年前的东汉会稽郡太守刘宠，倘若看到今之贪官这等模样，不知会作何感想。

刘宠在"盛情难却"面前的表现，足以令今之贪官汗颜。

刘宠主政前的会稽，官员胡作非为、横征暴敛，百姓不堪其扰，纷纷遁迹于深山老林之间，甚至到了"白首不入市井"的地步——有的百姓竟然从小到老都没进过集市城镇。刘宠一上任，便废除诸多盘剥欺压百姓的乱政，禁止下属扰民等不法行为，郡中秩序得以井然，百姓安居乐业。此后，为官清廉、政绩卓著的刘宠，被调往京城任职。

刘宠上京路过会稽郡山阴县时，有五六个老翁，眉毛头发皆白，从若邪山谷间出来相送。刘宠说："各位父老何必这样呢？"老翁们回答："山谷里人，未见过郡守。别的太守在任时，官吏到民间搜刮财物，白天黑夜不断，有时狗叫通宵，百姓不得安宁。自您到任以来，夜里听不见狗叫声，我们年老难得逢此太平盛世，现在听说您要离去，因此特来奉送。"说着，每人拿出一百文钱，非交给刘宠以备途中使用。"父老们如此过奖，我实在惭愧。大家的心意我领了，这钱不能收，恳请带回去吧！"刘宠诚恳地说。可老翁们执意赠送，情真意切，刘宠不收，他们不肯回转。

真是"盛情难却"！

刘宠无奈，只得从每人手里拿了一文钱收下，老人们这才称谢作别。不过，在将出山阴县界时，刘宠将钱投入西小江中而去。

老翁们送钱给刘宠，若刘宠全部收下，显然有违他做人、为官的原则；一概不收，又"盛情难却"，也有违他的爱民之心。于是，他只好象征性地取一钱，以纳民之盛情。然而，一钱也是钱。带走，便破坏了他为官两袖清风，一尘不染的准则，所以随后又投之江中，归还会稽郡。后来，史志家范晔将此记入《后汉书·循吏列传》，奉为楷模。

传说，这段江水自从刘宠投钱后，就更为清澈了。后人遂将西小江改名钱清江，建碑于江边，上书会稽"太守刘宠投钱处"字样，碑旁建"一钱亭"，又设"一钱太守庙"为之纪念。清初，监察御史杨维乔曾在刘宠墓前题诗："居官莫道一钱轻，尽是苍生血作成。向使特来抛海底，菁波赢得有清名。"

刘宠遇到的盛情是不带任何企图的真情，且确属很难"却"的盛情，可他还是颇具匠心地"却"掉了。

而今之贪官所碰到的一些"盛情"，背后无不隐藏着某些龌龊，却之全无不恭，自可铁面拒情，非如此，只能表明利令智昏。就算有人不抱什么其他目的，"盛情"地非向你奉上好处，你也应"盛情难却"亦当"却"，不可照单收之。古人刘宠都能在这种"盛情难却"面前保持一分清醒，而你却不能，凡"盛情"皆不却，所赠全盘入囊，这境界之高下已是泾渭分明，即便再拿"盛情难却"来遮掩，也不过徒劳之举罢了。

2013年第2期

戏说历史有底线

刘　棣

　　近来，荧屏上历史题材的电视剧极为火爆。几部涉及秦汉、隋唐历史的剧作或扎堆或轮流上场，好不热闹。不管它们是否打着戏说旗号，窃以为，都有很强的戏说色彩在。除了攻城拔寨的画面，后宫之明争暗斗、言情之温柔浪漫，如此虚构特写，虽说占据了时长，倒也平添几许趣味。

　　于是乎，此等剧作并不乏观者。晚饭后端一杯茶水，津津有味地欣赏荧屏上时而令人发笑表演的大有人在，收视率据说一路走高。

　　也有人对这类剧作嘘声一片，不屑一窥，更有人抡起板砖一通猛拍，大呼戏说与调侃、平庸与烂俗正在谋杀、倾覆历史的原貌。

　　窃觉得，拍板砖者大概所持为史家观点：国人应该尊敬历史，敬畏历史，而任何戏说历史之所为，都是对历史的大不敬，是可忍孰不可忍。而"津津乐观"者或许更接近非史家看法：文学艺术可以适当对历史做些有趣的戏说，不必大惊小怪。

　　说实话，窃便属于一名"津津乐观"者。窃以为文学艺术戏说历史但凡有度似无妨，供国人茶余饭后乐道，或可愉悦文化生活。就像"关公战秦琼"那样的相声段子，听过哈哈一笑，却也快哉。电视剧《还珠格格》、《康熙微服私访纪》、《铁齿铜牙纪晓岚》都属戏说一类，但观者如云，甚至万人空巷，好评如潮，就因为它借演绎历史故事给国人带来了莫大乐趣。

　　其实细究一番，将枯燥的历史以活泼的戏说方式做表达，可谓早被国人接受。司马迁写《史记》尽管不能说在戏说历史，但他追求把历史写得饶有兴味，读之让人感到神爽心怡却显而易见，所以，它才能位居正统"二十五史"之首。而像《赵氏孤儿》、《四郎探母》等戏剧，就均以戏说形态在讲述历史了，且备受国人欢迎。至今深得国人喜爱的评书，通常所讲内容也不离历史。很多人的历史知识就来自听书看戏。而且，历朝历代，束之高阁的正史都远比不上野史遗闻更能带给人们欢悦。闻名遐迩的四大名著，其中三部历史题材小说盖由野史演绎而成。

不过凡事当有节制。文学艺术戏说历史不能肆意颠倒、篡改、歪曲历史。如果一番戏说堆砌起的都是虚妄不真的情景，就会向国人传导谬误的历史。如果现代人搞笑的语言、时髦的话语，动辄就从千年前古人口中喷出，不伦不类的表演同样会普及无知。如果张冠李戴、移花接木，将后朝方有之物非放置于前朝，这种随意编排只能扰乱对历史本源的认识。文学艺术戏说历史可以通俗但不可庸俗，无聊噱头、胡侃瞎扯镜头堂而皇之登上屏幕，只能令人不堪入目，即便有国人肯接受一些戏说历史的文学艺术作品，也绝不应把它弄到荒唐粗鄙的地步。文学艺术戏说历史可以想象虚构但不能篡改扭曲。诚然，一些史实粗线条的记载为后人留下诸多想象空间，可以在一些细节上加以虚构，但这一史实本身却不容任意改变。文学艺术戏说历史不能不分内容，什么都拿来戏说。像反映抗日战争这样严肃历史内容的剧作，就不应随心所欲进行戏说。然而，国人却不时就能看到这类作品现于荧屏，将那段国仇家恨的历史，置于轻薄的笑谈之中，实在令人痛心。

对待历史，不容像梳姑娘头上的小辫，想怎么梳就怎么梳。此乃文学艺术戏说历史的一条底线，任谁都逾越不得！

2013 年第 2 期

让我们与节俭有约

吴　敏

厉行节俭，反对浪费，今天我们还要不要与它有约？答案是肯定的，要。

为什么？因为我国还有为数众多的困难群众，农村尚有一亿多扶贫对象，城市则有几千万低保人口；因为我们人口多、底子薄的基本国情尚未根本改变，能源资源短缺依然是制约可持续发展的瓶颈，我国人均耕地不到世界平均水平的42%，人均淡水资源不及世界平均水平的1/3，人均森林面积只占世界平均水平的11.7%，实在浪费不起。而作为全球最大的农产品进口国，我们的粮食也并非多得吃不了、用不完；因为我们还要发扬艰苦奋斗精神去实现中华民族的伟大复兴，倘若我们奢侈靡费成风，艰苦奋斗的精神就会懈怠。所以，不论从哪方面说，我们都绝不能容忍各种浪费行为猖獗，容忍摆阔气、讲排场、比奢华的不良风气蔓延。所以，我们务必与"节俭"有约，让勤俭的观念渗入灵魂。

"一粥一饭，当思来之不易；半丝半缕，恒念物力维艰"，是为治家之法；"强本而节用，则天不能贫"，此乃治国之道。与"节俭"有约，各级干部应率先垂范，严格执行公务接待制度，认真落实各项节约措施，坚决杜绝公款浪费现象。要采取针对性、操作性、指导性强的举措，加强监督检查，鼓励节约，惩治浪费。

"天育物有时，地生财有限。"与节俭有约，就要自觉节约每一滴水、每一度电、每一粒米，这不仅仅是为小家节省一点钱，更是为社会这个大家节约更多的能源。有人做过测算，如果动手将马桶水箱里的浮球向下调整2厘米，每次可节省近3公斤水，按每天使用4次计算，一年就节水 4 380 公斤；如果全国 3.9 亿户家庭都能做到随手关灯，每年可节电约 19.6 亿度；如果全国 10% 的用户做到双面打印、复印，每年可减少耗纸约 5.1 万吨，节能 4.4 万吨标准煤；如果全国上千万的私家车主都做到每月少开一天车，每年可节油约 5.54 亿升……也许，一块煤，不算多，但是千块煤炭就能堆成坡；一滴油，不算多，但是点点滴滴也能汇成河。我国 13 亿人口是个乘数，多么微小的数字乘以 13 亿，都会变得十分巨大。现代文明推崇节俭，就是强调对有限资源的珍视，坚持对挥霍浪费的抵制。只有勤俭办事和节俭生活，才能减少和避免对自然与社会资源的耗费。

俗话说："经常过紧日子，才能过久日子。""穷着过来不挥霍，日子才能更好过。"与节俭有约，就要过紧日子、穷日子。有消息说，目前，一些"月光族"都开始学会了记流水账，把每天的花销记清楚，做到合理开支。有的社区还专门请来持家模范给居民讲解勤俭的小常识，并组织居民交换生活旧物，物尽其用，避免浪费。更有一些白领风行"百元周"生活，一星期全部的餐饮、交通、娱乐、购物、保健、运动等消费加起来，控制在 100 元以内。这些节俭做法颇值得提倡。

"上下同心，其利断金。"事情就是这样，如果整个社会都来共同努力，每个人都争做勤俭节约的实践者、传播者和示范者，那么，节约的生活方式就会形成，节俭就能变成你能、我也能。

让我们与节俭永远有约！

2013 年第 3 期

"好日子"与"紧日子"

孙 之

"本届政府内,一是政府性的楼堂馆所一律不得新建;二是财政供养的人员只减不增;三是公费接待、公费出国、公费购车只减不增。"新任国务院总理李克强的"约法三章",让笔者闻之眼前一亮。而这"约法三章",来由是政府要让百姓过上"好日子",自己就得过"紧日子"。

"好日子"百姓无不向往,无不期盼。而今百姓,沐浴改革开放之阳光,大都过上了"好日子"。就像《今天是个好日子》那首歌唱的:"今天是个好日子,心想的事儿都能成;明天是个好日子,打开了家门咱迎春风;今天明天都是好日子,赶上了盛世咱享太平。"

"好日子"不是从天降。在百姓过上"好日子"的记账单上,分明写着政府一系列的利民富民政策,也写着政府行政开支的历年缩减。政府过"紧日子",把节省下来的钱用于改善民生,让更多百姓过上"好日子",已成为政府多年的施政理念。

新一届政府面对财政收入今后不可能大幅增长,而又要让百姓过上更好日子的情况,继续高扬过"紧日子"的旗帜,并以"约法三章"示之百姓,表明了前所未有的决心和姿态。且要"一级做给一级看",就更加深得人心了。

熟悉历史的人或许都知道,在我国,过"紧日子"与过"好日子"的因果表现可谓存之久矣。文景之治时,君臣都过起"紧日子"。汉文帝曾想建个露台,预算报上来,需百金,便放弃这一想法。他还减少宫廷开支,裁减侍卫人马。臣子也节衣缩食,衣不曳地,帷帐不施文绣。如此便减轻了百姓负担,《汉书·食货志》记载:人给家足。贞观之治时，唐太宗带头过"紧日子"，曾遣散内宫三千多人。唐太宗患有"气疾"，不适合住在潮湿之地，但他在潮湿的隋朝旧宫殿里住了很久。他还合并州县，革除"民少吏多"的弊端。百姓得以休养生息，日子好过很多。

现实和历史都告诉人们一个道理："好日子"与"紧日子"紧密相连。政府过"紧日子"，百姓就过"好日子"；政府过"好日子"，百姓就过"紧日子"。通俗地说，如果把财政收入比作大蛋糕，切给政府行政开支的那一块小了，用于百姓的份额才可能大起来。

而一个"行大道，民为本，利天下"、为人民服务的政府，是没有任何理由让百姓过"紧日子"、自己过"好日子"的。

如今，让百姓过"好日子"、政府过"紧日子"的"约法三章"已经公之于众，下面就要看怎么兑现承诺、取信于民了。

政府性楼堂馆所一律不得新建，做到这一条相对容易。有中央号令，有百姓盯着，谁也不愿干"秃子头上的虱子——明摆着"这样的蠢事，谅也不敢造次；"三公"消费只减不增，办到也并不很难，而今放眼四望，大江南北，长城内外，在中央"八项规定"的约束下，"三公"消费已势头锐减，于此基础上，进一步削减"三公"消费开支，可谓阻力不大；令人担忧的是吃"皇粮"的财政供养人员能否减下来。"触动利益往往比触及灵魂还难"，而减少吃"皇粮"者，恰恰最触及部门利益、个人利益。这就当有"壮士断腕的决心"，"甩开膀子"，说什么也要把"精兵简政"之事做下去，哪怕压力再大、困难再多。

2013 年第 4 期

"一把手"与"一把抓"

吴伟华

有人指出,一个部门、单位的"一把手",平时主要工作就是出主意、想办法、用干部。此言不虚。

所谓出主意,就是认真学习并准确把握党的路线方针政策,谋划引领好经济社会发展;所谓想办法,就是想方设法解决工作中遇到的各种矛盾和问题;所谓用干部,就是遵循民主集中制的原则,选好配好用好干部,调动各级干部干事创业的积极性。

也就是说,"一把手"并非"一把抓",只要把上述主要工作做好足矣。

如此而言,"一把手"便尽可将财务、人事、工程、采购等事情交由他人分管,自己不去直接管。

"一把手""一把抓",什么都管,或管不过来,或管不好,也不利于谋大局、抓大事。尤其直接管财务、人事、工程、采购等工作,由于缺乏制约和监督,极易形成"开支一支笔、用人一言堂、项目一人定"的局面,滋生腐败。

"开支一支笔",会导致滥用、中饱私囊。据笔者所知,在"一把手"违纪违法案件中,很多都涉及"一支笔"审批。

"用人一言堂",会导致"权力寻租"、卖官鬻爵。某地有个即将调任的官员,竟在不到两个月的时间里,调整干部432人,提拔正、副科级干部278人,以致群众用顺口溜讽之:"五千块钱站站队,一万块钱上上会,两万块钱才到位。"

"项目一人定",会导致以权谋私,收受贿赂。就有这样的"一把手"，对工程、采购项目热情有加，无非图的是暗收回扣。这些年光"倒"在公路工程建设上的"一把手"，就大有人在。

既然"一把手"不宜"一把抓"，按说"一把手"们对此应该乐于接受，可现实中并非如此，一些"一把手"非但不予认同，反而热衷"一把抓"，尤其喜欢直管财务、人事、工程、采购等事宜。有的将涉及改革发展稳定等事关全局的大事、难事、棘手事、没"油水"的事，全都交给副职分管，而自己却独揽财务、人事、工程、采购等"含金量"大的权力。有的一度把这几项权力交给副职分管后，觉得门庭冷落，"进项"锐减，便心有不甘，又设法将下放给副职的这几个大权收回来。也有的明不抓暗抓，表面上将这几项工作让副职分管，但暗地里却进行可控指挥。总之，对"一把抓"情有独钟，对直管财务、人事、工程、采购等难割难舍。

而一句"不抓财务、人事、工程、采购，我这个'一把手'还有啥当头！"便将这情有独钟、难割难舍的因由道了个明明白白。

近日，为限控"一把手""一把抓"，某地下发文件要求，各部门、单位"一把手"不得直接分管财务审批、干部人事、工程建设、物资采购等工作。欣闻此规定，笔者觉得犹如春风扑面，让人高兴不已，颇以为这"四个不直接分管"之举，值得赞赏和效仿。

当然，要把该规定真正落到实处，收到反腐败的实效和长效，避免有章不循现象发生，还在于敢动真格的、敢碰硬的，持之以恒抓监督、抓检查、抓通报曝光、抓问责追究。这样才能彻底解决"一把手""一把抓"的问题，才能切实消除一把手直管财务、人事、工程、采购工作的现象，才能遏制"一把手"腐败的高发态势。

2013 年第 5 期

文明习惯管出来

赵国瑞

中国式过马路，近来在北京不好过了。不听劝阻、带头硬闯红灯的行人和骑车人，将分别被罚款 10 元和 20 元。当然，不好过的只在有交警和协警执勤的地方，没人管的路口还是"外甥打灯笼"——照旧。

窃以为，倘所有设置红绿灯的十字路口，都有人现场执勤、劝导，持续一段时间，一年或两年，大概很多人都会养成文明过马路的习惯。

曾几何时，有多少人开车红灯停绿灯行？路口混乱不堪情景谁人不曾遇过？如今又如何？换了人间。非往枪口上撞的闯红灯者已寥寥无几。鄙人以前也没有良好开车习惯，闯红灯似家常便饭，如今即便晚上来到没有摄像头的路口，也会自觉地遵守交规，等红灯变绿了方才行驶。乱鸣笛也是过去开车人的一大毛病，街上喇叭声声，刺耳扰民。而今一路开车，也听不到几声笛鸣，耳朵根清净了许多。就算赶上拥堵，也没几人摁喇叭宣泄。早先酒驾算什么，鄙人就坐过一位喝了半斤白酒的人开的车，十几公里的路上，小车开得飞快，现在想起仍后怕不已。可自从酒驾入刑后，很多人开始弃掉酒驾恶习。

为什么大多数驾车者能养成文明开车的良好习惯，而众行人、骑车人却至今仍视中国式过马路——随意闯红灯为儿戏？答案就在管的不同。管前者，持之以恒，一管到底，还有硬杠杠，课以重罚，几百元人民币瞬间就归了别人，焉能不心痛？就为这，也不敢总触犯规则啊。再加上什么罚分、禁驾等处罚，还有谁愿开车逞能、肆意违章？总这样被管着，管着管着，就管出自觉来了，就管出好习惯来了。当然，坚持多年的宣传教育作用也不能抹杀，但更起作用的无疑是各种有效、严格之管。

中国式过马路各地多年来也并非不管，记得隔几年就会大张旗鼓地管管，电视上也曝光过不文明过马路的情形。或许因为这件事彻底管好太难，又耗费大量人力物力，大多刮一阵风就黑不提白不提了。管的时候，人们乱过马路有所收敛，风过去了，一切依然。正是由于未能像管文明开车那样持久地、严格地管文明过马路，再加之没有相应的惩罚措施，中国式过马路便一直延续至今。

这说明，管不管，怎么管，直接关系到人们文明习惯的养成。

不单在交通上是这样，在其他事上也尽然。比如随地吐痰，比如乱扔垃圾，比如在公共场所大声喧哗，比如在旅游景点乱写乱刻。

鲁迅早就说过："中国欲存争于天下，其首在立人，人立而后凡事举。"窃理解，"立人"之意便是让人有文明思想和文明习惯。文明思想要靠学习领悟、教育传承、实践锻炼来获得，那么文明习惯，就不单单靠这些，更靠管——让法规制度起到应有作用。

古人说，仓廪实而知礼节，衣食足而知荣辱。但这不等于说只要物质文明上去了，文明习惯就会自然生成。当今我们吃的穿的用的玩的应该说都很现代了，可文明习惯似乎仍是一块未补齐的短板。这说明，在不断提高物质文明的同时，还须大力培养文明习惯，而如此就离不开法规制度的严管，且要一以贯之，坚持数日、数月乃至数年。在这样严管之下，很多"不拘小节"的人，也就会渐渐"入乡随俗"，进而养成文明习惯。

2013 年第 6 期

新闻打假与打假新闻

晓　娜

多年来，新闻打假可谓屡立战功，使不少"假李逵"原形毕露。新闻打假已成为打假重要渠道，造假者唯恐避之不及，却令公众大快人心。且公众从新闻中得知相关造假信息，亦可予以识别、防范。新闻打假尽到了一份社会责任，自然颇受人们好评。

可新闻媒体一边积极打别人造假，一边也时而弄出些假新闻来。昨天人们还在阅读某条"改善民生"、"治理污染"、"引进人才"新规的新闻报道，今天却又看到有关方面出来澄清这是一条不实报道。这就不免让人感到几许遗憾。

近日，国家新闻出版广电总局就对几家媒体发布的三起虚假不实新闻做出通报批评，相关责任人被处理，几家媒体已开展内部整顿。这几条虚假新闻分别是："女孩当街给残疾乞丐喂饭"、"天然气将大幅涨价"、"流浪汉因拆迁变富翁"。

于是乎，便有必要说说打假新闻之事。

大凡媒体，捷足先登，在第一时间抢到有价值的新闻，顺理成章。大凡受众，求新猎奇，对让人眼前一亮的新闻，自然垂青。有鉴于此，新闻媒体将人无我有、人有我特、人特我奇作为追求目标亦不为过。

但不管捷足先登，还是人无我有，都必须确保新闻的真实性。否则，遣词造句再优美、情节描述再动人，场景刻画再美妙，也不过是罔顾事实、主观臆断、指鹿为马、闭门造车的假新闻。

无源之水、无本之木的假新闻通常很惹眼，颇能赢得广泛关注。正因为如此，它的社会破坏性也就很大。"无冕之王"造假，会使新闻媒体应有的公共性、公正性蒙受损害;一些看上去没有恶意,甚至充满善意的假新闻,虽然让人耳目一新,却因为找不到事实根据,时间一长,或为权威所证伪,或自动真相大白,只能使新闻媒体的社会公信力遭到破坏;有的假新闻因掩盖事实真相,会扰乱民心、误导民意,甚至引发矛盾、制造混乱。

个别新闻媒体,所以胡编乱造假新闻,或对新闻来源不加核实就刊登,动因在于通过制造轰动效应,捞取不当经济效益,唯独不讲职业道德,丧失责任感,把社会效益放到了一旁。

但假新闻害人也害己,骗得了一时,骗不了一世,最终搬起石头砸自己的脚。君不见,造假新闻的媒体与个人,其声名狼藉,已有先例,且并不鲜见。

让假新闻不再害人害己,当杜绝假新闻问世。那么,如何才能达此目标?愚以为,新闻媒体与新闻工作者应该"吾日三省吾身",以高度的社会责任感看待自己所从事的事业,绝不"为赋新词强说愁",做到是为是、非为非,不为追求眼球效应,赚取高收视率、收听率、订阅率而编造假新闻。对那些未经核实的"狗咬人不是新闻,人咬狗才是新闻"的猎奇新闻,坚决封杀,决不让其堂而皇之地登上银屏、版面。新闻媒体不光要当好钟馗,痛打"李鬼",戳穿"假猴王"真面目,也应主动狠打自家造假之举,一旦发现记者编造或提供假新闻,不管什么动机和原因,都不网开一面,一律从严惩处。同时加强对新闻记者的教育引导,使之明白,既然选择了新闻事业,就不能不讲新闻事业的"道之所在"——既不让新闻"人老珠黄",更不让新闻弄虚作假。

2013 年第 6 期

莫叫"舌尖上的腐败"反弹

朱学林

在整治公款吃喝上搞"上有政策、下有对策",相信很多人脑海里都有记忆。打"擦边球",玩"新手法",使"舌尖上的腐败"几度反弹。如今,公款吃喝现象有所减少,但仍要警惕其有所反弹。

笔者留意到,目前一些人已热衷下列"对策":

一者,"变通法"。以招商引资接待客商为名,行假公济私相互吃请之实。如此之"变通",给公款吃喝竖起了挡箭牌,我吃我喝,尽在招商,何罪之有?但这瞒不过知情群众,他们揶揄说:"招商引资是个筐,什么吃喝都可往里装。"据媒体披露,此"变通法",已在一些部门、单位进行。

二者,"转移法"。将公款吃喝场所由高档酒店搬到隐蔽的会所、单位内部食堂,或转移至乡村的"农家乐"、"土菜馆"。经此转移,我吃我喝,掩人耳目,何虑之有?据媒体披露,该"转移法"颇受欢迎。然从数起在会所大吃大喝事例被曝光可以看出,尽管"转移法"不显山露水,又不易被察觉,但尚做不到神不知鬼不觉。

三者,"拆分法"。将过去数千元一桌的餐饮费分解为一次几百元,少吃多餐,"打一枪换一个地方",今天在这家酒足饭饱,明日去那家一醉方休。这样一"拆分",我吃我喝,化大为小,何乐不为?此法可躲避风头、防范检查,一旦走路风声,就以"工作餐"为名敷衍过关。

四者,"障眼法"。到后街僻巷的饭店菜照点、酒照喝,但暂不结账,待过数月半载风平浪静后,再划款入账。这么障下眼,我吃我喝,我行我素,何怯之有?此法能使公款吃喝轻而易举实现"软着陆"。据媒体披露，此法深得青睐，一些人正在纷纷仿效。

毫不客气地说，这些"对策"大有蚕食眼下整治公款吃喝好不容易取得的成果之势。这种种"对策"不除，"政策"就会成为"纸老虎"，恐难以震慑住"舌尖上的腐败"反弹。

所以，面对有可能出现的反弹，我们必须克服"一阵抓、抓一阵"做法，常抓不懈，始终保持高压态势，实行"一律不"和"零容忍"，一直从严治理下去。而建立起一整套管理制度，包括来客接待工作餐制度、公务接待卡消费制度、同城近地不吃请制度、公务报销审计制度、公务接待超支自付制度等，更是断不可少的重要举措。

应强化督查惩戒力度，不妨进行常态化暗访督查，使其无时不有、无处不在；还可聘请民间监督员，让广大群众参与监督；同时鼓励媒体曝光公款吃喝现象。对明察暗访、群众举报和媒体曝光的问题，决不当"和事佬"，推卸责任，决不搞"下不为例"，网开一面，有一起问责追究一起。这样毫不手软地惩治"舌尖上的腐败"，任谁也"不能吃、不敢吃"，料它反弹也难。

而今有人认为，我国经济总量已居世界第二，财政收入年年增长，公款吃点喝点，不过是"牛身上拔根毛"、"森林里伐棵树"，关系不大。也有人抱着"吃吃喝喝无所谓，不进腰包不犯罪"的心态，觉得不将公款装进"布口袋"，酒肉穿肠进"皮口袋"，不算什么。对这些错误认识，当旗帜鲜明地予以反对。此乃遏制"舌尖上的腐败"反弹的釜底抽薪之举，因为只有从内心深处"就不想吃"，这公款吃喝的痼疾方能得到根治矣。

2013 年第 6 期

"雷人抗战剧"当休矣

宫春科

　　一张弓数分钟内消灭几十个鬼子，一双手把鬼子撕成两半，一掌拍死一个鬼子，一人徒手格斗制胜数名持枪鬼子，一名妇女以拳脚相加轻松毙敌，一把飞刀顷刻间消灭一门重炮，手持长矛大刀打得端枪鬼子狼狈逃窜，捏碎鬼子脑袋跟捏西瓜似的，一些抗战影视剧脱离历史事实、胡编乱造的剧情，使其获得"雷人抗战剧"的称号。

　　抗日战争中华民族打得非常勇敢，并取得了最后胜利，但付出的代价也很惨重，近三千万同胞失去了宝贵生命。代价惨重的一大原因是国家落后。以大刀、长矛、"汉阳造"、"中正步枪"和日本的装甲车、飞机、大炮较量，颇多牺牲可想而知。当年国民党军队抗日，不得已只好退却，让出半壁江山，这其中就有武器装备差的因由。而中国远征军在缅甸对日作战，双方兵力差不多，却屡屡取得胜利，原因之一就在于远征军用上了和日军不相上下的先进武器装备。共产党领导的抗日军民和日军殊死战斗，八年之所以牺牲了很多人，也和我们的武器太差不无关系。

　　当年我们是不缺大刀向鬼子头上砍去的英勇无畏，不乏赤手空拳与敌人肉搏的拼命精神。但大刀再能砍，肉搏再能拼，那对我们来说也是迫不得已的事情。试想中国抗日武装力量当时若都能用上先进的武器装备，或许会减少很多牺牲。由于落后，没有先进武器装备，先辈们才手持弓箭、大刀，乃至徒手也要上阵杀敌。可先辈们谁不希望能有一把枪甚至一门炮？现在我们一味神话当年很无奈的落后杀敌方式，若黄泉下的先辈们得知，也未必就觉得好吧？

　　或许有人认为，"雷人抗战剧"不就夸大些吗？不必大惊小怪嘛。再说，它毕竟反映的是爱国主义。但笔者不敢苟同。的确，我们自古就有伟大的爱国精神，这是我们民族千年不灭的精神支柱。但也有不良心态，例如妄自尊大、自我陶醉、自我安慰、自我麻醉的阿Q精神。而"雷人抗战剧"在展现爱国精神的背后，却也在自觉不自觉地宣扬阿Q的精神胜利法，这颇值得注意。

　　从倭寇乱明到南京大屠杀，历史上，中华民族屡被日本深深伤害，至今，日本右翼依然拒绝承认昔日罪行，并挑动钓鱼岛事件，在我们伤口上撒盐。但是，我们没有必要再用精神胜利法抚平这种伤痛，因为阿Q精神只属于弱者。而当下中国，已不再积贫积弱。我们所拥有的正在越来越多，越来越好。我们应像航母元勋罗阳那样忘我工作，以让我们国家越发强大，而无须去以雷人的抗日剧情来扬我神威、提振士气。如今已为强者的我们只需中国梦来进一步激发斗志、壮大实力。随着小康社会的全面建成，民族复兴的中国梦变为现实，中华民族必将更为自信与豪迈地屹立于世界民族之林。而这样的民族，永远不应再从阿Q精神中找寻安慰。

　　相信"雷人抗战剧"主观上并没有宣扬阿Q精神的故意，只不过想把情节搞得更刺激一点，更花哨一点，更有所谓的"看点"，以吸引众人眼球，提高收视率，但客观上却起到了这种负面作用。

　　有鉴于此，笔者以为，对雷人抗战剧应予叫停，让其休矣。不能再任其神奇虚幻下去，扰乱我们的视听。

2013 年第 6 期

不让老实人吃亏

孙广勋

很多年以前，读过 18 世纪法国著名文学家伏尔泰的代表作《老实人》，至今印象深刻。书中那位纯朴善良的老实人，信奉导师关于"世界尽善尽美"的哲学，却在旅程中遭遇了种种不幸。

记得高尔基的《在人间》中也有类似情节。高尔基被别人用诡计敲掉饭碗，善良的厨师同他告别时对他说道：在这个世界上，好人是要倒霉的。

好人倒霉的事这世上确实有，但不等于说好人就非得倒霉不可，倘若一个社会好人总是吃亏，那这个社会就不堪救药了。

同理，管好干部队伍也不能让老实人吃亏，否则，干部队伍就不会得到健康发展。

国以才立，政以才治，业以才兴。为政之道，首在用人。古人云："用一贤人，则贤人毕至；用一小人，则小人齐趋。"讲老实话、做老实事的老实人得到重用，老实人就会多起来。反之，投机钻营者得到重用，投机钻营者就会多起来。这就是用人导向。管好干部队伍，必须把握正确的用人导向，包括千方百计用好老实人。

那么，何谓老实人？在我看来，他们只顾埋头做事，不善声张造势；他们清正自守，不善交际，不好拉拉扯扯、吃吃喝喝，往往"人脉"不广；他们不跑不送，不找不要，不善奉迎，凭本事立足；他们专注干事不会来事，讲原则不懂圆滑，甚至敢得罪人；他们言行一致，不持两副面孔，以本真示人；他们并非庸庸碌碌、无能无为之人，而是能干事、会干事、愿干事、肯干事、干成事的人；他们踏踏实实、兢兢业业，始终把自己当作一块砖，哪里需要哪里搬，勇于挑重担，敢于打硬仗；他们全心全意为人民服务，而不是一心一意为个人谋利。这样的老实人，是一个单位、一个地方、一个部门的脊梁。焦裕禄是这样的老实人，孔繁森是这样的老实人，罗阳还是这样的老实人。事实上，正因为有无数这样的老实人，我们党才有了巨大力量。如今，我们党正带领人民前进在实现中华民族伟大复兴的中国梦的征程上，而要想圆中国梦，我们党就必须拥有很多这样的老实人，且让这样的老实人不吃亏。

然而，在现实生活中，老实人流汗又流泪的现象仍然不同程度地存在着，他们工作干得虽然好，却得不到应有的赏识，很难得以提拔重用，有为而没有位，这难免让老实人心里很"受伤"。

与老实人吃亏相对应的则是一些不老实者吃香。这种人善于"造势"和"谋官"，还往往能如愿以偿，受到重用提拔，原本理所当然应属于老实人的晋升机会，常常被他们轻易就捷足先登。这就叫"不善者竞进，惟私者当道"。对此，我们应十分警惕。无论如何也不能容忍让说老实话、办老实事、当老实人的人灰头土脸，说假话、办虚事、投机钻营的人得意扬扬。

不让老实人吃亏，重在把选人用人的眼光更多地投向那些老实人，公道正派地使用老实人，让老实人看到希望、受到鼓舞；更在形成科学的用人机制，客观地看待干部，准确地识别干部，破除唯亲、唯贿、唯吹、唯上的不正之风，给老实人以机会、岗位、地位，让不老实的人得不到好处，占不到便宜。如此，干部队伍才风清气正，"不让老实人吃亏"这句话才真正落了地，开了花，结了果！

2013 年第 8 期

莫问鬼神问苍生

木　隶

"宣室求贤访逐臣，贾生才调更无伦；可怜夜半虚前席，不问苍生问鬼神。"汉初贾谊，有治国大才，力主改革弊政，胸藏颇多良策。可惜汉文帝半夜把他叫进宫里，不问"苍生"，只"问鬼神"，真乃荒唐之极。唐代诗人李商隐，据此写了这首讽刺诗。

然时过千载有余，现代版的汉文帝之流还活着。请看有的官员的所作所为：三拜九叩，烧香拜佛，算命看相，求签占卜，祈求神灵保佑；崇拜"风水大仙"、气功"大师"，迷信特异功能；喜爱什么"镇邪兽"、"转运石"、"风水门"、"八卦图"；因迷信"大仙"说的"命里缺桥"，不利飞黄腾达，便下令国道改道，建起大桥，穿越水库；因迷信"大师"说的办公室摆一块"靠山石"可"保一辈子不倒"，便费尽周折寻来虔心供奉。他们让意在"得风水"、"祛灾祸"、避"邪运"的"问鬼神"你方唱罢我登场，可谓丑态百出，令人失望。

近来又有一位能"空盆变蛇"的"气功大师"被拉下神坛，有媒体曝光，该"大师"身边就曾站过这样一些"不问苍生问鬼神"的官员。

事实表明，自20世纪90年代初开始，此"大师"就成了当地某些官员的"香饽饽"，竞相争看其"神奇绝活"。甚至有官员来自四面八方，以见"大师"一面为荣。"大师"正因官员如此抬举，才成了"特异功能"在身的"超人"，风光无限。

人们不禁要问，这些官员何以如此迷信鬼神、风水、各路"大仙""大师"，不外乎他们有求于此。

那何求之有？

有求精神寄托的。他们理想信念丧失，荣辱美丑混淆，价值取向畸变，意志衰退消沉，精神空虚萎靡，心灵无所寄托，浑浑噩噩度日，便在封建迷信中寻找精神寄托。

有求仕途一帆风顺的。他们好不容易戴上一顶乌纱帽，说不定还是送礼跑来的、花钱买来的，自然倍加珍惜，唯恐因一招不慎，被摘去顶戴花翎，何况还惦记着加官晋爵，便不顾官德和人格，请冥冥之中的神灵庇佑。

有求消灾避难的。他们手脚不干净，贪赃枉法，做了亏心事，总怕东窗事发，人财两空，整天提心吊胆，惶惶不可终日，便只好抓住迷信这棵救命稻草，以求逢凶化吉，遇难呈祥。

只可惜，至今还没有看到有哪位"大仙"伸出神奇之手，能振奋迷信官员之精神，能保佑官迷仕途之通达，能庇护贪官平安之无事。

但他们"不问苍生问鬼神"的恶劣影响却不可避免地产生了。共产党人从来都不信什么鬼神，从来都以苍生福祉为念，可他们的荒唐行为，完全背道而驰，大相径庭，破坏了共产党人在人们心中的良好形象。

这就有必要下力气好好对此整治一番，从而让莫问鬼神问苍生成为官员的自觉。

而欲达此目的，窃以为，除了应强化理想信念、党的宗旨和唯物论、无神论教育之外，还须重典治吏，凡官员"不问苍生问鬼神"，发现一例，严惩一例，毫不手软，看谁还敢明目张胆地大搞迷信行为，看谁还敢和什么巫师妖道打得火热。

2013年第9期

莫让制度在权力的笼子里挣扎

成 收

制度是用来监督、规范、约束和制衡权力的，只有"把权力关进制度的笼子里"，才能保证权力不被滥用，使权力发挥应有的作用，从而维护权力的公平正义。

建章立制的重要性无须多言。值得注意的是，在制定和行使制度时，一定不能无视人情、关系和利益的存在，否则就极易使制度受到不同程度的弱化、简化和腐化。

人情会弱化制度。我国是个人情社会。对于制度的执行来说，如果掺杂进去过多的人情，无疑会产生消极和负面影响。谁严格按制度办事，谁就被视为不懂人情、不通世故、不会办事、不识时务，呆板、死心眼，甚至不留后路。一旦这种想法形成风气，制度再好，执行者在执行的时候也不能底气十足了。

关系会简化制度。在现实生活中，既有"明制度"，也有"潜规则"。当"潜规则"的能量超过了"明制度"的威力，制度就会变得软弱无力，其约束力就会大打折扣。有人说，凭关系没有办不成的事情。虽言过其实，却从一个侧面反映关系确实能够超越制度摆平很多事。

利益会腐化制度。制度是人制定的，这就要求制定制度的组织和个人，要以限制权力的滥用为出发点，以保障公共利益为落脚点，从制度的制定、执行、监督上进行科学公平合理的设计和实施。如果制度被利益集团或部分人"绑架"，从制定开始就有可能存在不公平、不廉洁问题，那么制度又何谈监督、规范、约束和制衡权力呢？

上述几种现象如果泛滥，就会使"铁纪律"变成"软豆腐"，造成制度刚性不足、柔性有余，失去应有的约束作用，甚至成为少数人谋私利的工具和借口。分析一下产生这些问题的原因，病根只有一个，那就是在某些领域、某些时候，制度孱弱，权力强势，"权"比"法"大。无论是人情、关系，还是利益，离开了"权"的影响力和支配力则不显灵通。制度之所以在权力的掌中挣扎，最根本的，还是没有解决人们头脑中固有的"人治"先于"法治"的思维习惯和思维定式。

那么，怎样才能把权力关进制度的笼子里，而不任由权力"玩弄"制度呢？除了不断改革完善创新制度，把制度"笼子"编实、编密、编牢固外，当务之急是让制度发挥作用，真正给权力戴上"紧箍咒"，涂上"防腐剂"。这就要从多方面入手。首先要强化制度意识。执行者的心理态度对制度执行至关重要。每个人都应当尊重制度、敬畏制度，视制度为"红线"，不能随意对制度权威提出质疑和否定，更不能任意践踏制度。同时还要净化制度执行环境。所谓制度建设，很重要的部分是对现行制度的执行和实施。要形成遵守制度光荣、违反制度可耻的氛围，使制度真正成为人们共同遵守的办事规程和行为准则。在此基础上，还要加强制度执行情况的监督。对违反制度的行为要及时纠正，对违纪违法问题要严肃查处，从而使权力在制度的轨道上运行，实现其取之于民、用之于民、造福于民的价值，而不会成为少数人贪腐的私器。

2013 年第 10 期

"接地气"方能走出"夹心层"

赵　畅

最新发布的国际人才蓝皮书《中国留学生发展报告（2013）》显示，近五年我国回国的留学人员近80万人，约为前30年的3倍。特别是2012年，回国数量就快达到30万人，同比增长近一半，超过七成的留学生选择回国。不过，在回国的激情渐渐平息之余，"海归"们发现，只有那些研究"高精尖"技术的高层次人才是热销的对象，多数"海归"反而成了尴尬的"夹心层"，很多人直接就成了"海待"。

客观来看，"海归"数量的迅速增长，不仅反映了"海归"们对于祖国的热爱和依恋，亦折射了国内创业环境的不断优化。当前，"海归"业已遍布各行各业，成为中国社会发展不可或缺的一支新生力量。

然而，也不能不看到，虽然部分"高精尖"海归确乎在"广阔天地"里"大有作为"，但也有一些"海归"成为尴尬的"夹心层"，他们高不成，低不就，一时处在"夹缝"里进退维谷，不知所措。

一些"海归"之所以成为"夹心层"，固然有自身"高精尖"不足的原因，更有观念狭窄之故。比如，有的人创业思维依然停留在以复制国外科技成果和模式为主上，欲以此重拾昔日曾经有过的辉煌。殊不知，这种业态早已淘汰。真格基金创办人曾讲过一件"趣事"：有个"海归"，在做一个给农村送货的创业项目。他带着Ipad下乡，到乡下给农民看货，农民也会点货，但从来不在他那里购买，他们在他那里看了东西后全去淘宝、京东下单了。原来，这位"海归"不太了解中国消费者的习惯，甚至不了解中国消费者已经拥有世界最强大的电子商务平台。难怪这位创办人说："我鼓励他到中关村去看看，但是他现在还整天泡在江苏某个县城里边，他发誓要探索出某种新的模式，而我也发誓他探索不出来。"

走出"夹心层"，关键是"海归"们要"接地气"。所谓"接地气"，就是要深入基层、深入企业、深入实际，了解国情、企情、民情；既要把握国家的宏观走向和相关政策，以及地方的发展规划、建设现状，又要尽可能熟悉企业的产品开发、质量管理、市场开拓、人才培养等诸多方面的情况。同时，一方面要立足于自主独立创业；另一方面，要放下架子，善于和当地人才合作，吸收他们之长为己所用。每一个"海归"只有充分"接地气"，并通过"良性嫁接"、"有效发酵"，自己的优势才能最大限度地得到发挥，才能变单个优势为综合优势，化短期优势为长效优势。

"接地气"，强调人的气度、思路和状态。只有"接地气"，以豁达的襟怀、虔诚的态度，拜能者为师，甘当小学生，才能取到真经；只有"接地气"，开阔眼界，开拓思路，才能在创业路上左右逢源，举一反三；只有"接地气"，明确目标，增添信心，才能在发展途中披荆斩棘，一往无前。

对于正在崛起的中国来说，"海归"是加速我国融入全球化的重要力量。然而，更重要的是要让"海归"们"归"有所依，"归"有所得，"归"有所成，尤其是要让处于"夹心层"的"海归"们早早走出"夹缝"，不做"海待"，去放飞和成就创业梦想。在这方面，政府固然要为他们营造更加宽松的社会环境，创设更加有利的发展条件，但与此同时，"海归"自己更要勇于和善于在"接地气"上迈出扎实有力的步子，方能破解成为"夹心层"的尴尬。

2013 年第 12 期

筷子头上有道德

严 阳

过去一直以为，反季节蔬菜是今天这个高科技时代才有的新鲜事物，在读了明代谢肇淛的《五杂俎》卷十一之后才知道，其实至少在他生活的那个年代就有了：京城里数九隆冬有黄芽菜、韭黄等。当然，它们都是在富豪之家的地窖暖房里育成的，贫困之家根本无法做到。那时，进入皇宫里的植物产品常常也以反季节为贵，元旦之时有牡丹花和瓜类，其他花与果也是各个季节的都有——它们都是放到暖房里，通过烧火提高室温而得到的。

同样，还是在谢肇淛的书中，也介绍了那个年代平民百姓的生活。燕、齐之地的百姓每每碰上饥荒之年，如果有果子和树皮为食，那就是美味和幸事。即便是平时，柳树芽、榆树钱、野蒿、马齿苋之类的东西，也是他们充饥的粮食。如果菜园里还有空地不能种植蔬菜而长了不少杂草，他们会将草根拔起腌制，留待冬日度命。

一边是富豪之家、帝王将相"食不厌精，脍不厌细"，一年四季都可以吃到反季节的蔬菜，欣赏到反季节的花草，另一边却是平民百姓啃树皮吃草根，两者形成了何等鲜明的对比！但这还不能算是最为触目惊心的。同样是在明代，还有这样一种"烧烤"吃法让人印象十分深刻：将鹅鸭之类，用铁笼子罩上，在铁笼子下生火，用辣椒水喂食，鹅鸭的羽毛全部脱落但还没死，它们的肉就已经烤熟了；对于驴和羊，则是活活地从它们身上割肉，有的时候肉被割光了，驴和羊也还没有死。这种"烧烤"之法，最初只是"至尊"之人采用，后来一些达官贵人也竞相效仿。

　　影响了中国社会几千年的儒家先贤孔子曾经提出"重民"、"富民"、"教民"、"德政"等思想，形成了独具特色的民本思想，但非常让人遗憾的是，尽管不少朝代的最高统治者曾经给孔子封过"至圣先师"一类的称号，看上去对孔子和儒家十分尊崇，但真正把孔子和儒家思想当作一回事的并不多。单单说明朝，老百姓都啃树皮、吃草根了，可他们依然在享受反季节蔬菜，在玩赏地窖暖房里育成的牡丹。在他们心目中，哪里还有老百姓的位置，哪里把老百姓当作"邦本"了？

　　至于说到活烤鹅鸭与活割驴羊肉，更可看出贵为"天子"者的残忍。孟子说过这样一段很多人一定听过的话："君子之于禽兽也，见其生，不忍见其死；闻其声，不忍食其肉。"而不忍之心乃是人与生俱来的情感之一，是"爱"与"慈悲"的重要表现形式。可为了口福之享，他们居然连这点要求也无法做到，这样的人管理国家，实在令人忧心。

　　当然，与治理国家相比，吃，似乎是不值一提的小道，但是，对于为官之人来说，又何尝不是大道？因为透过吃，我们能够看出其人品，看出其道德。那些只顾自己的口腹之享，而无视老百姓饿得前胸贴后背，只能啃树皮吃草根的人，早已将"筷子头上有道德"这回事忘得一干二净了。

　　（此文略有删节）

2013 年第 12 期

改革先改陋习

门　敬

"行如平原走马，易放难追"，坏习惯易生难改。习惯了鞍前马后、前呼后拥，就不习惯轻车简从，以为受了"冷落"；习惯了推杯换盏、超常"待遇"，就不习惯勤俭为公，以为没了"权力"；习惯了天天开会、层层发文，就不习惯求真务实，以为破了"规矩"；习惯了一言九鼎、一呼百应，就不习惯问计于民，以为矮了"身份"……

纵容官场的种种陋习，不仅影响改革的成败，更关乎事业的发展。如果说改革之初要突破的是思想禁区，那么今天的改革，要突破的则是利益"雷区"。改革的难点，在于克服习以为常的惯性；改革的焦点，在于打破见怪不怪的陋习。如果不消除路径依赖，不破除不良习惯，改革就难有突破。

时下，少数领导干部嘴上说着新话，手里照样干着旧活，脚下仍然走着老路，症结在于还是把习惯当圭臬，把潜规则当显规则，没有从思想和行动上摆脱不良惯性，稍微遇到点风险考验，就立马缩回习惯的"套子"里，从而丧失改陋习的紧迫感、破不良习惯的危机感、促深化改革的责任感。主观上，按老章程办事，不需动脑筋，不用担风险，不会得罪人；客观上，坏习惯养之成习，坐享其成受益，改之并非易事。特别是在处理对上与对下、眼前与长远、显绩与潜绩等关系时，舍本逐末，讳疾忌医。因此，必须对其亮剑、向其开刀。

观念支配价值取向，思想决定行为准则。"总开关"尽管看不见、摸不着，却实实在在、时时刻刻影响和决定着我们的意识和行为。老一辈无产阶级革命家一生俭朴、一生求实、一生廉洁，毛泽东不为亲友谋私利，周恩来不准装修会议厅……他们之所以一辈子与陋习绝缘，始终保持我党的优良传统，最根本的就是因为把好了"总开关"。

当前，各级领导干部不能把着部门利益不放，守着陈旧惯例不变，成为改革的绊脚石。向陋习开刀，首先要求领导干部有"向我开炮"的勇气、"舍我其谁"的正气。尤其对司空见惯的不良现象，只有克服怕难解决、怕出问题、怕担责任等畏难心态，才能真正从"守"的观念、"旧"的规矩中解脱出来，从一件件具体的事情抓起，从一个个突出的问题改起，不良习惯、陈规陋习就会不断减少；顺藤摸瓜、追根溯源，过了一山再登一峰，跨过一沟再越一壑，不良习惯和陋习的顽固"堡垒"就会被攻破、习以为常的惯性就会被断根。

保尔·柯察金说过：人应该支配习惯，而不是习惯支配人。支配习惯，就要做习惯的主人，在掌控驾驭中保持清醒头脑，站稳脚跟立场，抵制坏习惯，倡导好习惯。历史告诉我们，不舍弃老路，就蹚不出新路。不在思变中创新，就在习惯中庸俗，只有敢于向坏习惯说"不"，才能适应变革需要，推动社会发展。

"事之难易，不在大小，务在知时。"能否革除那些久改不革的积弊，推动那些久推不转的工作，关键在于敢不敢触动既得利益，能不能坚守共产党人的政治责任感和历史主动性。面对大有可为的发展战略机遇期，面对"不失时机地推进重要领域和关键环节改革"的要求，只有拿出壮士断腕的勇气、革故鼎新的锐气、永久奋斗的朝气，才能打破利益的樊篱，克服前进的阻力。

2014年第1期

为官莫沾土豪气

颜福林

前外交部长李肇星讲过这样一件事，有位官员去欧洲访问，到餐馆用餐剩了很多饭菜，餐馆老板要求他打包带走，否则就得罚款。那位官员很豪气地说罚款就罚款，我有钱。

这位官员自己觉得很豪气，其实很土气，用句当下颇为时髦的话就是满身的土豪气。此非孤例，不少官员确已沾染上了土豪气，随时随地、自觉不自觉地"显摆"出来，而且相互攀比，竞相炫耀，不以为羞，反以为荣。

追求名牌、攀比吃喝是官员身上最显而易见的土豪气。早先有报道称，某官员一身名牌去香港，结果招致一片嘘声。名牌加身的官员还喜欢豪车，有报道称，某国家级贫困县领导居然配备百万元顶级豪车。杨达才戴名表架名眼镜系名腰带"惹祸"后，官员追求名牌之风才有所收敛。"八项规定"公布以来，公款大吃大喝之风得到有效遏制，但远未绝迹，转入"地下"的公款吃喝依然豪奢。某高档会所标出 6 000 块钱一位的天价，这哪里是在吃饭，无非土豪一把而已。

官员推动的工程建设，也往往打上土豪的印记。一些豪华办公楼，令发达国家的人看着都眼晕。媒体盘点豪华政府楼盘，其中"荣"膺"世界第一县衙"的浙江某县政府办公楼竟耗资 20 个亿，而一个乡镇府办公楼的豪华程度也超过人家一个州政府的办公设施很多！要知道，我们的经济总量虽然已是世界第二，可人均 GDP 才及发达国家的六分之一甚至十分之一。耗巨资搞这么豪华的办公楼，不是土豪是什么？

土豪气还熏染到了文化事业。有报道称，2013 年上半年，一百多个中国文艺团体在维也纳金色大厅花钱镀金，其中大多花的是公款。一些地方管理部门不惜投入重金把自己的地方艺术团送去展示，说到底，这是某些官员土豪气的东风西渐。维也纳才不理会你那"土豪金"呢，惨啊，演出成了自娱自乐，门票靠免费赠送。即便如此，也极少有人光顾。看来，镀上的金，看似真金，却远不是那么回事。

"打土豪分田地"被国人所熟知。土豪原是指在乡里凭借财势横行霸道的坏人。现在成为网络红词，并非原意，而是用来讽刺有钱又炫富的人。可无论哪种意思，都与我们党的干部的应有形象风马牛不相及，都不应与我们党的干部沾上边。时下，极个别干部鱼肉百姓、胡作非为，仿佛让人感到"我胡汉三又回来了"，这样的土豪，为党纪国法所不容，注定像胡汉三那样短命。而对于那些拿着纳税人的钱炫富的土豪官员，在这里好心奉劝他们一句，不要再拿老百姓的血汗钱往自己脸上贴"土豪金"了。即使挥霍的是自己的合法收入，也还是收收手吧，毕竟，党的干部不能自降要求，要担负起倡导勤俭节约的社会风气的重任。

2014 年第 1 期

人间俭态

吕传彬

古人云："生产好似摇钱树，节俭犹如聚宝盆。"这两句话道出了寓意很深的人生哲学。

辛勤工作，努力生产，当然会有收获；节约开销，俭省支出，自然会有盈余。所以古人教训子女，莫不力倡节俭持家，力戒奢侈挥霍。尤其是在广大农村社会中，群众收成辛劳，物力维艰，一丝一缕、一饭一粥，都得来不易，故对于节约俭省，非常重视。

记得幼时庭训：餐后碗底绝不可剩一颗饭粒，更不可把饭粒掉落桌上，如有掉落，必须捡起吃掉；黄昏时赶快吃晚餐洗涤，天刚黑就得就寝，免得点灯费油；黎明即起床干活，以节省光阴……往昔农家许多节俭的生活方式，以现在都市生活水准衡量，那简直是匪夷所思、难以想象。

是故这个"俭"字，除了本身就作"节省而不浪费"解释之外，还配合俭穿、俭约、俭用、俭吃、俭省、俭朴、俭学等词，以加强俭字的功能，扩大其范围，将这个字与"奢"字形成强烈的对比，提高人们的警惕心。

有些人从小养成节俭的习惯，虽然富贵，生活仍极俭朴，既不浪费，也不奢侈。如隋文帝杨坚，深知创业维艰，厉行节俭，自己不穿绸缎只穿布帛，宫中嫔妃不许化妆打扮，官员饰带只用铜铁骨角而不用金玉，开国二十年间，百姓节约成风。隋文帝的次子杨广僭了帝位，是为隋炀帝，与其父的作风正好相反，荒淫奢侈、急功近利，极尽浮华铺张之能事，在位不到十四年，不但耗尽其父累积的资产，自己也被宇文化及所诛。白居易有诗句云："俭存奢失今在目，安用高墙围大屋。"高墙是围不住大屋的，连整个政权都会因穷奢极侈而丢掉！

我国自古以来，莫不强调"节俭是美德"，历来有识之士，莫不诋毁奢侈而崇尚节俭。如宋儒季元衡之《俭说》云："贪饕以招辱，不若俭而守廉；干请以犯义，不若俭而全节；侵牟以聚仇，不若俭而养福；放肆以逐欲，不若俭而安性。"

又如清儒李文炤撰《俭训》，也是列举奢侈之弊而主张节俭，文云："况乎用之奢者，取之不得不贪，算及锱铢，欲深溪壑；其究也，谄求诈骗，寡廉鲜耻，无所不至；则何若量入为出，享恒足之利乎？"

南唐谭峭撰《谭子化书》中也有几句名言："奢者富不足，俭者贫有余；奢者心常贫，俭者心常富。"这些话，仔细推敲，不无哲理在焉。

俭之一字，除了足以抗奢之外，"其益有三：安分于己，无求于人，可以养廉；减我身心之奉，以赈极苦之人，可以广德；忍不足于目前，留有余于他日，可以福后"。不错，能俭，还可养廉、广德、福后，只可惜世间大多数人只贪图眼前享受，极尽奢华之乐，遑顾及此？

不过，有些人未谙节俭的真谛，往往俭之过甚，竟成悭吝，故有"俭吝"、"俭啬"之名，变成悭吝鬼、守财奴，使得节俭的本意蒙上阴影。须知，对财能聚能散，始称财主；对财既悭且吝，是为财奴。节俭乃撙节不当之开销，俭省过分之浪费，该用则慷慨解囊，不当用则锱铢必计，以防虚耗。而且原则上是对自己俭约，对别人宽厚。明白了这些，才能真正把握"俭"的真谛。

2014 年第 1 期

做官苦方能换来民众乐

于永军

2009 年 4 月，习近平同志视察兰考，在谈及焦裕禄精神时引用了一句古话："意莫高于爱民，行莫厚于乐民。"这句话出自《晏子春秋·问下》，意思是，没有比爱护百姓更高明的想法，没有比让百姓快乐更宽厚的做法。一个官吏两千多年前就提出这样的思想，并以此为操守而自誉自赏自励，是十分难能可贵的，这也正是晏婴成为春秋时期杰出政治家的重要原因。

今天我们的党员干部仍然需要学习这种理念，并且要在此基础上更进一步。正如习近平同志所指出的："封建时代官吏尚有这样的认识，今天我们共产党人应该比这个境界高得多。"因为把"爱民"、"乐民"视为"意高"、"行厚"，很容易滋长一种居高临下的"推恩意识"，进而以"惠泽被于下民"而自居，把为百姓做事视为一种功劳，当成一种个人觉悟和为官政绩，而不是作为人民公仆应尽义务和本分。其最终结果，必然会滋生出一种为民做主、恩泽子民的"主人"意识，以致"公仆"立场失守。

共产党人的权力来自哪里？人民。人民是我们的衣食之源、权力之源。我们想问题、做事情，必须站在人民的角度，对人民负责，而不能站错立场；必须以满足人民的期待为出发点和落脚点，而不能偏离方向；必须把人民拥护不拥护、高兴不高兴作为标准，而不能失职失责。这种爱民观，并不是仅仅崇尚个人的名声、形象和节操，也不只是一个高明的想法，更不是基于"水可覆舟"式的惧怕，而是因为我们清醒地认识到，"党除了工人阶级和最广大人民群众的利益，没有自己特殊的利益"。将此升华为一种坚定的信仰，共产党员的爱民才能如行云流水般自然，没有一点做作之态和勉强之意，才能进入"他是重生亲父母，我是斗争好儿郎"的应然境界。

真正做到"公仆"，就需要党员干部彻底抛弃享乐主义的思想。无论古代还是现在，要真正做一个造福于民的好官，贪图享乐是不行的。某种意义上说，做官就是要尝苦味、出苦力。郑板桥有首《青玉案·宦况》，把当官的苦处描述得淋漓尽致："十年盖破黄绸被，尽历遍，官滋味。雨过槐厅天似水，正宜泼茗，正宜开酿，正是文书累。"从现有史料看，郑板桥为官的确很苦：不仅收入少，而且因上书请求赈灾，得罪了权贵，被罢官免职，后来在扬州过着"宦海归来两袖空，逢人卖竹画清风"的苦日子，直至离世而去。这种做官苦，原因很清楚：一则廉洁自律，不贪钱财，经济上苦；二则勤政为民，排忧解难，工作上苦。

"墨海沉浮"的封建时代，这般"独步清流"的好官固然有，但毕竟极少。在我们共产党人中，这种好官可谓不胜枚举，焦裕禄便是典型的一位，他虽然没有像郑板桥那样感叹为官之苦，却通过"心里装着人民，唯独没有自己"的行动体现了出来，展现了共产党人崇高的为官风范。

古今事实表明，做官苦，方能换来民众乐、社稷安。相反，若做官乐、做官甜，则只能带来民众苦、民众怨、社会乱。因为做官的贪图享乐，就不会去想为人民做事；做官的追求享乐，挥霍的只能是民众的血汗，最终导致权力异化，走向腐败，为人民所唾弃。

2014 年第 2 期

勤于正事必疏于邪门

许 海

2011 年度国家最高科学技术奖获得者、中国科学院院士谢家麟评价自己时说："责守明则谋政专，勤于正事必疏于邪门。"在他的科研人生中，绝大多数时间都用在努力学习进取、攀登科技高峰上，没有把精力放在应酬吃喝、经营人际关系上。结果，勤于正事的默默奉献者最终得到了社会的高度认可。

确实，如同"正确本身就是错误的标准"一样，勤于正事者崇尚直道而行，在选择正道的同时就已经远离了邪道，避开了邪门。历史上这样的事例很多，许多青史留名、流芳后世者无不胸怀正气，着眼正事，疾恶如仇，不走旁门。为官如包拯、海瑞者，抗敌如岳飞、文天祥者，以国家民族大义为重，努力挽狂澜于既倒，扶大厦于将倾，为历史增添了佳话，为后人树立了楷模。同样，历史上也不乏"勤于邪门必疏于正事"者。大凡奸佞小人，除自己蝇营狗苟、偷奸耍滑外，还结党营私，与善为正事者为敌。奸臣如蔡京、高俅者，宦党如刘瑾、魏忠贤者，即使能蒙蔽一时，一度呼风唤雨，但虽然"可以在有些时候欺瞒有些人，却不可以在所有时候欺瞒所有人"，驰骛于邪门者难免劣迹昭彰，最终玩火自焚。

更有趣的是，正道与邪门之间的转化有时候也许就在一念之间。在封建科举时代，人人都希望以考试求闻达，因此贿赂考官之事时有发生。明朝永乐年间，李汰受命担任福建乡试主考，选拔举人。一天晚上，他正要就寝之时，忽报有人求见。来人进屋后，环顾屋中无他人，便取出黄金 20 两，双手捧到李汰面前，直言不讳地请求关照，并许以厚报。李汰听后，也不言语，从笔架上取出狼毫，泼墨即就："义利源头识颇真，黄金难换腐儒贫。莫言暮夜无知者，怕塞乾坤有鬼神。"来人抬眼一望，又羞又怕，揣起黄金溜之大吉。此事传开之后，有打算行贿的人见李汰如此清廉，遂断绝邪门念想，专心进取，以真才实学求进，倒也为明朝选拔了一批有实际本领的治国良臣。有好事者因此作句说："暗夜赋诗退黑金，海内风气一时清。早知科场捷径少，欲上层楼需攀行。"

随着时代的发展，"邪门"的表现形式更加丰富和多样化，增加了辨识的难度。尤其是和以前的"显性邪门"相比，"隐性邪门"更加不易察觉。在现实中，一些人利用制度设计的不完备，主要精力不是放在认真学习、做好工作上，而是不琢磨事而琢磨人，大搞"感情投资"，盘点"社会资本"，"涵养"人际关系，虽然八面玲珑，却少真实本领，在社会上形成"会做事的不如会说话的，会说话的不如会跑腿的"新时代"脑体倒挂"现象，也为滋生"身边腐败"提供了温床。这些"隐性邪门"助长了形式主义和官僚主义作风，成为阻碍创新发展的邪恶力量。

其实，无论是"隐性邪门"还是"显性邪门"，其本质都是一样的，明眼人洞若观火。朱镕基同志在担任总理时，有一次去厦门视察工作，有地方官员曲意逢迎，除接待极尽奢华之能事外，还奉送价值不菲的玉石。朱镕基同志对身边工作人员说，我看这个人有问题，要查一查。结果，这个人不但碰了一鼻子灰，还受到了严厉查处。看来，虽然古今时代不同，但人同此心，心同此理，正邪之分，人们心里还是有一杆秤的。

2014年第2期

嚼得菜根　百事可为

龙之剑

欲知大道，必先为史。那是 1949 年 4 月的一天中午，在中共中央进驻北京的第一站香山双清别墅内，毛泽东准备会见张澜先生，他吩咐李银桥说："我们要尊重老先生，你帮我找件好些的衣服换换。"李银桥在毛泽东仅有的"家底"里翻了又翻，竟挑不出一件不破或者没有补丁的衣服。他苦笑道："主席，咱们真是穷秀才进京赶考，一件好衣服都没有。"毛泽东却说："纨绔子弟考不出好成绩，安贫者事能成，我相信嚼得菜根，百事可为，我们会考出好成绩！"

古人曰："忧劳可以兴国，逸豫可以亡身。"中华民族成为伟大的民族，奥秘之一就是厉行勤俭节约、反对铺张浪费，这是中华民族的传家宝。

抗战时期，陈嘉庚从同蒋介石和毛泽东的饭局中，选择了共产党：蒋介石招待的是 800 元一顿的大餐，而毛泽东请吃的是自己种的小菜。朱德同志在井冈山，与红军战士同甘共苦，一起挑粮，留下了"朱德的扁担"的佳话。

星移斗转，沧海桑田。今天，我们的生活条件与过去相比，有了天壤之别，但厉行节约的革命精神不能丢。特别是我们正处于改革攻坚的关键阶段，面临的机遇前所未有，挑战也前所未有。对党员干部来说，奢靡享乐之害，常在于消磨改革斗志、消解改革共识，助长因循苟且、庸懒散混等坏风气。这正是改革向前进必须铲除的障碍。

然而，令人遗憾的是，有的"节约"别人不"节约"自己，"节约"下面不"节约"上面，为基层"雪中送炭"少，为机关"锦上添花"多。古人云："奉法者强则国强，奉法者弱则国弱。"邓小平也说过："搞特权，这是封建主义残余影响尚未肃清的表现。"历来是从俭入奢易，由奢入俭难。难就难在一旦贪污浪费成习，改起来至为痛苦。痛苦也得改，只有这种官员"痛苦"，才能换来民众的幸福。

艰苦奋斗，事业必成；贪图享受，自毁前程。这样的闹剧，令人担忧；这样的悲剧，让人心痛。而翻开我们党的历史画卷，关于厉行节约的例证比比皆是。淮海大战中，国民党大将黄维被俘后死不认输，当他亲眼目睹了刘伯承、邓小平、陈毅这些布衣将军后，才幡然醒悟："在下不光败在战场上，更败在作风和精神上。"方志敏曾经手的款项有数百万元之多，而自己却没有一点积蓄，他将"矜持不苟，舍己为公"奉为准则，以至于在被捕时敌人也没从他身上搜出钱。同他们这种作风相比，某些工作上不求作为、生活上贪图享乐的同志是不是应该感到有愧？

"今我何功德，曾不事农桑。吏禄三百石，岁晏有余粮。念此私自愧，尽日不能忘。"封建时期的官吏白居易尚有这样的境界，共产党的干部更应该提高对自己的要求，看好自己的手和嘴。因为，节约的习惯、俭朴的生活，看起来是个人小事，实际上远远超出了个人范围，关乎国家的前途、民族的命运。

2014 年第 3 期

要征服的不是高山是自己

阚　侃

罗曼·罗兰说过："我们要征服的不是高山，而是我们自己。"胜人者力，自胜者强。自律不仅是一种领导素质，还是一种领导能力。人的一生是为欲望而生的一生，也是与欲望抗争的一生。所以人这一生，既要坚持理想忠贞不渝，又要甘于放弃非分之想。

对于党员领导干部而言亦是如此。党员领导干部只有坚守党性、秉持自律，才能在改革攻坚中有所不为，有所作为。保持清廉本色、追求为民福祉，应是党员领导干部的责任和本分。

应该说，不论是当年的成克杰、胡长清，还是李崇禧、谷俊山，都不是与生俱来的腐败分子。而人的贪心一起，就似魔鬼出瓶，贪得再多，也没有满足的时候，很难管住自己。事实一再昭示，如果昏然忘了人民是衣食和权力之本，把职权异化为谋私工具，任意透支公权，不管你"坐骑"多高、权力多大，到头来都会被人民"拉下马"。

影响了几代美国人、历经两百余年经久不衰的励志奇书《富兰克林自传》早就向我们揭示了这一点。富兰克林在书中写道："我希望能在这个世界上生活，却不犯任何一点错。当我小心谨慎防备着某一缺点时，却出乎意料地冒出了另一个错误。习惯的惰性总会乘人不备，而人们的习惯往往强于理智。我由此得出结论：我们需要在理念上确立，首先要做到尽可能完美，但是这并不能完全防止过错的发生。坏的习惯必须打破，好的习惯必须加以培养，我们才能希望我们的举止能够坚定不移始终如一地正确。"这段话精辟地道出了富兰克林成功的秘诀，那就是战胜习惯、战胜私欲，培养好习惯，克服坏习惯，坚持为民理念，抛弃个人私念。

"善禁者，先禁其身而后人，不善禁者，先禁人而后身。"一个管不住自己的人，怎么可能领导好一个单位？不能胜寸心，安能胜苍穹？凡具慑敌魂魄之师，必有严于律己之将。前人这一思想，对于我们落实党的十八届三中全会精神，深化改革攻坚、破解发展难题不无启迪。

治人者必先自治，律人者必先自律。自律不是成长的锁链，而是护佑成功的铠甲。要想真正成为一个合格的领导者，就必须在实践中一以贯之地始终坚持，才能使自律成为一种常态、一种品质、一种理念。

俄教育家乌申斯基说得好："良好的习惯是人在神经系统中存放的道德资本，这个资本在不断地增值，而在人整个一生中就享受着它的利息。"岳飞也有言："正己而后可以正物，自治而后可以治人。"干部的自治和自律，营造的是一种风气、反映的是一种追求、引导的是一种方向。正所谓，上风下草，上行下效，上转下变。让我们记住这个道理吧，养成自律的好习惯！只有征服了自己，才能成就政坛好作为！

2014 年第 3 期

从《十五贯》看官僚主义

李曙光

《十五贯》是昆曲的著名曲目，说的是屠户尤葫芦无本钱经营，为生计借来十五贯铜钱。因一句戏言，使其继女苏成娟负气出走。赌徒娄阿鼠赌场输得精光，回来路过尤家，为偷走十五贯钱，将尤杀死。外城伙计熊友兰为主人收来十五贯，路遇苏迷路，被众人误认为凶手，两人同押官府。知县过于执不问青红皂白将两人判成死罪，知府巡抚皆批准执行。只有太守况钟监斩二人时，发现是冤案，遂以官职担保，求得重审，最终查明案情，使该案真相大白。毛泽东曾高度评价说："《十五贯》是个好戏，全国各剧种有条件的都要演《十五贯》；这个戏全国都要看，特别是公安部门要看。"

《十五贯》案情并不复杂，也没有官员徇私枉法、行贿受贿。只是因为多数办案官员自以为是、主观臆断，相互扯皮推诿，不认真调查案情，一级骗一级。知县过于执在案件中并没有贪赃受贿，他的错误在于高高在上、盲目自信，自以为是，渎职懒惰，不深入现场调查取证，对其他疑问也不细查，匆匆草率定案。剧情很容易让我们联想到现实生活和实际工作中一些脱离实际、先入为主、自以为是、主观臆断、想当然的决策失误和由此造成的冤假错案。

知县过于执仅凭十五贯钱数相符就刑讯逼供、屈打成招。对此，冯梦龙在《警世恒言》中写道：谁想问官糊涂，只图了事，所以做官的，切不可率意断狱，任情用刑，也要求个公平明允，道不得个死者不可复生，断者不可复续，可胜叹哉！刑讯逼供屡禁不止的一大原因就是主审官员官僚主义、图省事、图了断，认为打完就招供简单易行、交差了事。同时，主审官员主观臆断，不是从事实出发调查出结果，而是从自己的臆断出发倒逼所谓的"供词"，这也是主观主义、官僚主义的典型表现。难怪毛泽东看完后强调："这出戏应该在全国都演，戏里边的那些形象我们这里也是很多的，过于执在中国能够找出几百个。"

在太守况钟夜拜巡抚周忱的一场戏中，我们也能看到官僚主义的表现。况钟晋见巡抚周忱请求复审。况钟急不可耐，而周忱从护卫官通报直到随从摆好排场，才迈着四方步、慢慢吞吞、哈欠连天，一步三晃地出来接见。搅了本大人的好梦，当然不能让你舒舒服服地把事情办成。周巡抚开始强调程序，强调规定，强调职责分工，想用规定压服况钟不让他复审。戏中官员之间语言腔调的高低拿捏和身体的卑尊错落，甚至巡抚仆从都表现出的趾高气扬，无一不是当时官场的生动写照。反观今日，门难进、脸难看、事难办的衙门气息在一些地方比较浓烈。少数党员干部还沾染着这种官场陋习，动不动就是"老百姓就是不识抬举"，甚至还有人说出"你到底代表党还是代表人民"的昏话。

《十五贯》千年不衰，之所以流传至今而仍有其生命力，也恰恰在于该剧反映和鞭挞了代代相承延续至今的官僚主义问题。一个政党一旦官僚主义作风盛行，就会逐渐失去群众的拥护和支持，而克服官僚主义的有力武器就是理论联系实际、密切联系群众。

2014 年第 4 期

扣好人生第一粒扣子

白杨林

今年"五四"青年节，习近平总书记在北京大学考察时强调，青年的价值取向决定了未来整个社会的价值取向，而青年又处在价值观形成和确立的时期，抓好这一时期的价值观养成十分重要。这就像穿衣服扣扣子一样，如果第一粒扣子扣错了，剩余的扣子都会扣错，人生的扣子从一开始就要扣好。

习近平总书记的这番话，形象生动，寓意深刻，尤其是"人生的扣子从一开始就要扣好"更是具有丰富的哲学意义。这不仅仅是总书记对青年一代的谆谆告诫，也是对每一位领导干部、每一个社会公众的殷切希望。扣好人生第一粒扣子，对于每个人来讲，都具有非常重要的意义和价值。

扣好人生第一粒扣子，是一种深刻的人生智慧。琐碎的生活常常蕴含着人生的智慧。在人生旅途中，每个人从事每一项职业、每一种工作，做每一件事情，到底确定在一个什么样的基点上，"第一粒扣子"至关重要，它是人生成败的一个源头开关。宋代思想家程颐说："一念之欲不能制，而祸流于滔天。""第一粒扣子"乃万物之源，总与"最后一粒扣子"相生相伴，换句话说，有什么样的开始就会有什么样的结果。人们常常说，人生之路是漫长的，但紧要处只有几步。尤其是当人年轻的时候，第一粒扣子如果扣错，往往就会顺势一错到底，直到最后一颗我们才会觉察错位。最为关键的是，生活中的扣子扣错了可以轻易重来，但人生旅途的扣子却是经不起重来的。

扣好人生第一粒扣子，就要重视"开始"和"第一次"。《左传》

说："慎始而敬终，终以不困。"万事开头难，一开始就慎重小心，才能走得远，走得好。对每个人来讲，不论工作、学习、做事、创业，都要小心翼翼地开始，循规蹈矩地推进，开一个好头，然后形成习惯，坚持下去。在作风的培养上也是如此，一开始就要严格要求自己，绝不苟且放纵，不向消极丑恶妥协。巴甫洛夫说得好："原谅自己，就是堕落的开始。"看看那些身陷囹圄的贪官，都是一开始没有把握好自己，吃了不该吃的饭，去了不该去的地方，拿了不该拿的红包，结果一路滑了下去，最后堕入深渊，万劫不复。可见，"冰冻三尺，非一日之寒"，任何事物都有一个从量变到质变的过程，不能慎始，不能扣好人生第一粒扣子，是走错路、走下坡路的起点。扣好了人生第一粒扣子，把握好了总开头，则奠定了人生顺途的基础。

扣好人生第一粒扣子，就要求我们必须"自重、自省、自警、自励"。毛泽东曾说过："房子是应该经常打扫的，不打扫就会积满了灰尘；脸是应该经常洗的，不洗也就会灰尘满面。我们同志的思想，我们党的工作，也会沾染灰尘的，也应该打扫和洗涤。"每个党员干部、每个人在每天清晨起来的时候，都应该抽出一点儿时间，认真查看一下自己的扣子扣对了没有，反省前一天的所作所为、所思所想，有没有任何不利于自身修养的私心杂念，从源头上净化心灵，培养健康的生活情趣，增强防腐拒变的能力，保持高尚的精神追求，在为人、为官的道路上筑起一道坚实的"思想堤坝"，时时慎之、处处慎之、事事慎之。

因而，我们要从扣好第一粒扣子开始，扣好人生每一粒扣子。如此，方能走好人生之路，而且走得理直气壮，走得踏实有力。

2014 年第 6 期

为官切莫 "顺杆爬"

胡昌方　赵军干

著名作家赵树理在《李有才板话》中，对那个"顺杆爬"式的人物——阎恒元的"尾巴"张德贵做了惟妙惟肖的刻画：张德贵，真好汉，跟着恒元舌头转：恒元说个"长"，德贵说"不短"；恒元说个"方"，德贵说"不圆"；恒元说"砂锅能捣蒜"，德贵就说"捣不烂"……

文学，乃现实生活的一面镜子。时下，张德贵式的人物在我们中间，特别在干部队伍中委实屡见不鲜。你瞧：甲领导说 A 干部有才能，他就说"这人提升保准行"；乙领导说 A 干部有傲气，他便说"我看早就该批评"；丙领导说此事研究再决定，他则说"这事一时办不成"；丁领导说此事马上就得办，他忙说"这事拖拉可不行"……

为何这种人不管领导说得正确与否，他都随声附和，一个劲儿地"顺杆爬"呢？分析起来，原因至少有三：一是阿谀逢迎。领导咋说他咋顺，优哉游哉，彼此舒心。二是省力省心。领导咋说他咋应，不必搞调查，无须动脑筋。三是明哲保身。领导咋说他咋从，有了成绩——功劳当有他一份，出了问题——该由领导负责任。这真可谓："顺"字当头，无忧无愁，官当"太平"，"旱涝保收"。

党的十八大报告指出，要积极发展党内民主，增强党的创造活力，建设一支政治坚定、能力过硬、作风优良、奋发有为的执政骨干队伍。不言而喻，这种"顺杆爬"的思想作风和工作作风，非但有悖于我党的光荣传统和优良作风，而且也是与当今继续坚持改革开放、努力实现中国梦的新形势、新任务和新要求格格不入的。

践行党的群众路线，全面建成小康社会，需要一大批善于标新立异、勇于开拓进取的人才。而要造就出这类人才，就必须克服"顺杆爬"现象。这需要共同使劲儿、多方努力。

作为在领导身边工作的下级官员，要正确处理好"听从"与"盲从"、"服从"与"顺从"以及"服从领导"与"独立思考"的辩证关系。自觉做到："听从"不"盲从"；"服从"不"顺从"；既要"服从领导"，又要"独立思考"。

作为领导，要豁达大度，发扬民主，广开言路，善于倾听身边下级的各种不同意见，自觉摒弃对"顺杆爬"干部"看起来顺眼，听起来顺耳，用起来顺手"的思维偏见和用人理念。同时，对广大干部进行思想教育和素质培训，引导他们树立起敢想、敢说、敢干和敢于担当、敢于负责的主人翁精神。

作为组织人事部门，要慧眼识人，赏罚严明。对那些善于思考、有主见、有胆识、有贡献的干部，要敢于提拔和重用；而对那些人云亦云、无所作为、毫无创新进取意识的"顺杆爬"干部，必须采取必要的组织调整。

诚如是，张德贵式的"太平官"、"顺杆爬"的官员恐怕就会逐渐减少，我们干部队伍的整体素质和整体能力就会进一步增强。

2014 年第 8 期

文明的代价

冀永义

理论家认为，制造工具是人类区别于其他物种的一大标志；我这里斗胆添一句，制造垃圾，似乎也是人类文明化的一大表现。当然，你可以和我辩论，说自然万物都要吐故纳新，不独人类制造秽物；但是，记着，其他物种的排泄物，都可以自行消解，甚至因为它的消解，又产生诸多益处。比如说粪便，不但为乔木灌木花花草草这些植物提供了丰富的养料，还给一些动物如蜣螂虫提供了大餐。从这个意义上说，人类之外的生物制造的排泄物，算不上垃圾，因此它们算不上文明物种。

就人类自身历史来讲，随着文明的进步发展，垃圾也越来越先进、越来越不好为自然界消解了。比如聚酯技术的日臻成熟，就让塑料袋满天飞，几乎成了每个城乡结合部地区的"形象大使"。每次乘火车即将进到一个大城市，总看见满目的银白，仿佛"长空雪乱飘，改尽江山旧"。有时不但地面上如铺素练，就是路旁乔木灌木，也"忽如一夜春风来，千树万树梨花开"。据说塑料制品如果要消解，需要长达二百年的时间。可见这种白色污染，是多么的触目惊心。

近二十年来，人类文明越发进步，正在沐浴着信息时代的春风，向着数字化大踏步进军。于是乎，电子垃圾也随之不断地被制造、被抛弃。每年生产的手机数以亿计，电脑耗材报废之迅速也极为惊人。都知道这些电子元件多多少少是有辐射的，对环境造成极大的威胁。如何处理这些电子垃圾，是一个让人头疼的大问题。

一般的电子垃圾，都有人专门回收，我们常常可以在地铁口或者过街天桥上，看见有人在那里蹲着，旁边放着一块简陋的纸板，仿佛旧时名角出场前的告示牌，上书"高价回收硒鼓"几个大字。然而即使是有人回收，也不能完全杜绝电子垃圾的污染。拆掉的电子元件，有用的拿走，没用的还是乱堆乱放。前几年双清路往北，有两个村庄唤作"前八家"、"后八家"者，曾一度被这些电子垃圾回收人员占据着，村前堆满键盘山，村后流淌管线河，早不复有二十年前山清水秀的田园景象了。村里的老人出行不便，恨不能请天帝命夸娥氏二子背起这些垃圾，"一厝朔东，一厝雍南"。如今这前八家、后八家尽皆拆迁，这些回收人员又转战昌平立水桥一带，据称已引起有关部门注意，正在采取措施予以规范。

说来说去，还是这两年各地文明办提倡的"垃圾分类从我做起"好，这项主张，抓住了垃圾治理的源头。然而，这口号倡导容易，真要身体力行，也是有很多麻烦。首先，专门装废旧电子器材的垃圾筒就如同待字闺中的美少女，只肯在一些豪华高档的小区里出现。我就曾为家里的电池如何处理发愁，后来冒着酷暑骑车到三公里外的别墅区才找到废电池回收箱。然而，后来却听说垃圾分类其实只是一个表面现象，因为并没有实行严格的分类运输。一想起我那十几块电池最终还是要跟馊饭菜、瓜果皮、鼻涕干、脏手纸混在一起，我就为自己傻乎乎的辛勤劳动感到不值。所以，我希望这"混合运输"的传闻只是谣言可以不攻自破，庶几宽慰我那受伤的心灵。

2014 年第 9 期

法治德治心治

许　海

近期，随着反腐倡廉形势的深入发展，有关部门规划的"反腐路线图"逐渐明晰，"三步走"的战略思路令人振奋：首先是严厉打击，让腐败分子"不敢"腐；其次是不断健全完善制度的"笼子"，让腐败分子"不能"腐；最后是巩固思想信仰，实现人的现代化，让人"不想"腐。

如此"剑"与"书"结合，符合了反腐倡廉的一般规律，对根治腐败问题大有裨益。古人在总结有关经验时，已经看到，廉洁其实有三重境界。明代《从政录》写道："世之廉者有三：有见理明而不妄取者，有尚名节而不苟取者，有畏法律保禄位而不敢取者。"在这其中，"不敢取"为下，"不苟取"为中，"不妄取"为上，正与"不敢"、"不能"、"不想"的路线图对应。

腐败之患，犹如社会之病。这种认识揭示的不仅是反腐的一般规律，也是社会治理的逻辑进路。社会治理同样有一个从遵守外在规则到自觉改造主观世界，从而实现"善治"的过程。

在社会治理中，崇尚"法治"无疑是一大进步。法律确立的底线规范，是一种对人人平等的外在强制约束，使人不敢触及，但也可能出现虽然不敢碰触，但内心并不悦服的情况。在中国古代，一些朝代的严刑峻法使人噤若寒蝉，然而腹诽的日积月累，一旦超过极限，便"不在沉默中爆发，就在沉默中灭亡"，造成的社会后果相当惊人。当然，古代的"法制"与现代的"法治"并不等同，前者多限制与惩戒，后者突出维权与公平正义精神，但规避法律，为所欲为的情况仍然存在。一个近年的国际性员工敬业情况调查表明，虽然表面看来中国员工的"勤劳辛苦"举世公认，但在受调查的 142 个国家和地区中，中国员工的敬业程度远远低于世界平均水平，其中办公室员工的敬业程度更是低至 3%，排名垫底。对此专家表示，对"指挥控制"工作方式的不认同，是导致敬业程度低下的重要原因。

因此，古人指出："道之以政，齐之以刑，民免而无耻；道之以德，齐之以礼，有耻且格。"儒家思想认为，"德治"能够使人增强廉耻意识，促进社会治理，为此提出了建立"礼、乐、政、刑"在内的一整套规章制度，在"兴、观、群、怨"中形成强大的社会道德舆论氛围。可见，古人已经认识到，加强制度建设和强化法制具有同样的目的和意义。因为，"礼以道其志，乐以和其声，政以一其行，刑以防其奸。礼、乐、刑、政，其极一也，所以同民心而出治道也"。这就是说，四者都是治国理政的重要手段，甚至相对于硬性的刑政，崇礼尚乐更加具有"润物细无声"的效果。

然而，无论是法规的强制约束，还是制度的有形规范，毕竟还具有外在于人的特征，从"不敢"、"不能"还要走向"不想"，要获得大治，必然需要达成内心的理解，实现内在精神世界的认同。在古人看来，"心正而后身修，身修而后家齐，家齐而后国治，国治而后天下平"，"心正"对于治理国家和社会具有基础性意义。又曰："知之者不如好之者，好之者不如乐之者。"从知法守纪，到好德修善，再到乐道自觉，正是从外在"不敢"到内在"不想"的变迁历程。

因此，在社会转型深入发展的今天，社会治理问题比以前复杂得多，综合发挥法治、德治与心治的优势，实现外在行为治理与内在精神治理的统一，对实现社会"善治"大有促进作用。这是当前"书"、"剑"结合的反腐倡廉思路给我们的社会治理启示。

2014 年第 10 期

落实是一种态度

梁齐勇

有这样两个事例：1069 年，北宋熙宁年间，宰相王安石推行"青苗法"。在每年夏秋两收前青黄不接时，国家把谷物贷给农民，救济百姓，等农民收获后，连同赋税，连本加息再归还给政府。这本是官民两利的美事。但实际执行中却出现偏差：地方官员强行让百姓向官府借贷，而且随意提高利息，加上官吏为了邀功，额外还有名目繁多的勒索，百姓苦不堪言。"青苗法"变质为官府辗转放高利贷、收取利息的苛政。17 年后不得不停止执行。王安石缓解阶级矛盾、增加收入的目的没能实现。

2008 年汶川地震中，桑枣中学的 2 200 多名师生及时避难，无一伤亡。在这场震级里氏 8.0 级、遇难近 7 万人的天灾中，这不能不说是一个奇迹！奇迹发生来源于好的方案和好的落实。原来，从 2005 年起，时任校长叶志平每学期都要进行一次模拟停电、暴雨、垮塌、地震等情况演习。演习时间，从第一次全校集合到操场的 9 分钟，到 2008 年 3 月 13 日进行的火灾演习，提高到 3~4 分钟。"5·12"地震发生时，集合时间只用了 1 分 36 秒。

含义不言自明：变相落实，祸国殃民；有效落实，人定胜天。

那么，什么是落实呢？简单地说，把想干的事"干成"就是落实。领导干部抓落实，就是把党交给的事干成、干好。抓落实，反映的是领导者的水平，体现的是领导者的能力，塑造的是领导者的形象，是责任、方法、能力、作风、效益等因素的有机融合。领导干部抓落实，是实实在在而又来不得任何马虎的事情；而只要是认真抓了落实，天大的困难也能克服。但是，在实际工作中，抓好落实并不容易，有很多好的规划、好的思路、好的政策、好的措施，因为没有抓落实而成了一纸空话。

抓落实的能力，首先是一种思维的能力，亦即从大局、全局考虑自身工作的思维境界。"不谋全局者，不足谋一域"。要提高抓落实的能力，必须心中装着大局、自觉服从大局、诚心服务大局。作为领导干部，应以上级的组织目标为方向，学会"用科长的态度当科员，以部长的立场当科长，用老总的胸怀当部长，以老板的心态来打工"。否则，只想着员工的事，也只能当个员工。

拿破仑曾说过一句话："一个狮子领导的绵羊队伍能够打败一只绵羊领导的狮子队伍。"这句话有一定道理。今天再细细品读，它至少有两个含义：一个是领导者的品质和方向决定着团队的品质和方向，另一个是领导者的落实能力决定着组织的落实能力。抓落实，是领导者指挥的一支"协奏曲"，而不是一个人的"独奏曲"。领导干部抓落实，还需要有指挥协调的能力，能够科学而有效地给下属分配工作，把合适的人放在合适的位置上，使之各得其位，提高效率，促进落实；把上下的、左右的、物质的、精神的、运动的、静止的等各种条件因素，有机地整合起来，让其最大限度地发挥自己的积极性和作用。

当然，提高抓落实能力，还有很多需要注意的方面，比如，提高修养、转变作风、调查研究、注重细节、完善责任制、增强个性魅力等。但作为党员领导干部，最根本的，还是取决于他对党和人民事业的忠诚度，体现到行动上，就是保持着一种真抓实干、一抓到底的态度和劲头。正如毛泽东所讲的："一件事不做则已，做则必做到底，做到最后胜利。"

2014 年第 10 期

干部的厚度

王成国

党的十八大以来，党中央加大了反腐力度，"打虎拍蝇"效果明显，进一步净化了党风政风，得到了全党和人民群众的拥护。在为"大老虎"落马欢呼、喝彩的同时，我们不妨认真思考一下，这么多"大老虎"为什么会落马？

看一下这些落马"大老虎"的简历，可以说他们起初都是"好苗子"，经过组织培养和个人努力，一步步走上了重要岗位。按理说，他们应该为党和人民的事业做出更大的贡献，而不是腐化堕落，走向犯罪的道路。对于他们走向人民的对立面，有人将原因简单归结于监督制约体制机制不健全。笔者认为，这样的归因是不符合马克思主义哲学的。按照马克思主义哲学的观点，事物的发展变化从内外因所起的作用来看，内因是决定性的因素，所以说这些"大老虎"落马的主要原因，还是在于自身不注重学习和积累，修养不够，涵养不高，没有形成与职位相符的"厚度"，因而也就无法抵御走上重要岗位时面临的巨大风险和诱惑。

"厚度"是指物体上下相对两面之间的距离，指物体之厚薄程度。"厚度"在现代社会还具有映射事物属性的含义，和涵养、修养等词语含义相近。干部的"厚度"是指干部坚持学习，加强自身修养，不断积累形成的一种综合素质，其内涵包括理想信念、道德品行、自律能力、干事创业能力等。评价一个干部有"厚度"，是指其综合素质高，这样的干部才能厚积薄发，才能胜任岗位，才能履好职、用好权。在选用干部时，应该认真考察干部的"厚度"，使选拔干部的"厚度"与拟任职位的条件、需要相适应，不能盲目选拔使用积累不够的干部，更不能"揠苗助长"。否则，不仅影响党和国家的事业，也会害了干部本人。

干部的"厚度"不是与生俱来的，需要通过后天的努力学习、严格修身、艰苦锻炼，不断积累才能形成。"厚度"的形成不是静态的，而是一个过程，需要不断地学习、修身与锻炼。"厚度"也不会随着职位的升高而自然增厚，不管职位高低，都需要不断积累。虽然有的干部提拔时"厚度"与职位要求是相符的，但由于形势的发展变化，在新的形势、任务和挑战面前，如果放松了学习、修身与锻炼，原有的"厚度"就不一定能够适应新的要求，就会出现履不好职、用不好权现象，甚至腐化堕落，走向犯罪的深渊。

要想始终保持与职位要求相适应的"厚度"，就应按照习近平总书记"三严三实"的要求，不断学习、锻炼和积累。要慎独、清心、读书、仁义、思齐、自觉，做到严以修身。要始终正确看待权力、规范使用权力、高效运行权力、严格约束权力、提高使用权力的能力，做到严以用权。要学习上勤学善思，工作上三思而后行，生活上耐得住寂寞，个人修养上"吾日三省吾身"，做到严于律己。要始终坚持将人民的利益作为工作的出发点和落脚点，加强学习认识规律、深入调研了解实际、提高能力科学决策，做到谋事要实。要干对事、真干事、干成事，做到创业要实。要心术正、态度诚、行为真，做到做人要实。

这么看来，"厚度"的形成是个过程，没有终点。

2014 年第 10 期

识人的智慧

魏晔玲

俗语说：画龙画虎难画骨，知人知面难知心。自古至今，善于识人都被看作是一种极高的智慧。

对于识人这个技术活，聪明如诸葛亮总结了"问是非、穷辞辩、咨计谋、告以难、醉以酒、临以利、期以事"七种方法，而曾国藩干脆写了一本《冰鉴》，用一本书的篇幅将自己毕生识人、用人的心得写得清清楚楚。可见，正确认识一个人并不是一件简单事。

孔子的高徒子贡也在这个问题上犯过糊涂。《论语》中记载，子贡看到社会上一些经常被标榜吹捧的人实际上却是一些伪君子真小人，很是不解，便问孔子："乡人皆好之，何如？"孔子曰："未可也。"子贡接着刨根究底，问："乡人皆恶之，何如？"孔子依旧是那句话："未可也。"看着子贡如摸不着头脑的丈二，孔子阐述了自己的看法："不如乡人之善者好之，其不善者恶之。"

在孔子看来，如果大家都说一个人好，这个人未必就是好人；如果大家都说一个人不好，这个人也未必就是坏人。那什么是孔子心中的好人呢？就是好人都喜欢他，而坏人却都讨厌他。正确分辨旁人对这个人的评价，由此获得对这个人的基本判断，方法虽讨巧，却是先贤留下的智慧之思。

事实也是如此。经常听到有人戏言：我又不是人民币，怎么可能让所有的人都喜欢我。虽是在开玩笑，却也说出了一个自有人类以来就存在的现象，就是一个人不可能让所有的人都说他好。纵览历史长河，那些建立了丰功伟业的英雄、留下了不朽名篇的文豪，无不是在这部分人眼里是神、在另一部分人眼中则是鬼。而且，成就越大，争议之声往往也越嘈杂。

由此看来，人生在世，即便八面玲珑如黄蓉、委曲求全如刘兰芝，想要所有的人都说好、都喜欢也是痴心妄想。这倒不是人们刻意为之，而是价值观的不同所产生的自然而然的结果。在某些人眼中奉为圭臬的处世原则，在其他人那里则犹如一堆臭不可闻的垃圾，唯恐避之不及。我们很难想象，一个唯利是图、小算盘打得啪啪响的人能得到一个正派无私的人的认可；同样道理，正派无私人的所作所为在精于算计的人那里恐怕也只能算是"傻帽"之举。而价值观相近的人，在遇到某一问题时，或同样义愤填膺或一起哈哈大笑，那种相见恨晚、惺惺相惜的架势，想要让他说点对方的不好恐怕也不大可能吧？

看明白这一点，在听到对一个人众说纷纭的评价时，我们至少应该有这样的主心骨：对各式各样的评价分分类、归归堆，看看是哪些人在称赞，又有哪些人在贬低。如果叫好的大多是品行善良、公道正派的人，那这个人就差不到哪里，他受到为人奸猾、私心太重的人的贬损也就很正常。而如果都是一些口碑不好的人在为这个人"鼓"与"呼"，即使呼声再高，我们还是要加个小心，切不可被一时的热闹蒙蔽了眼睛。

拉拉杂杂说了半天，其实还是那句老话：物以类聚，人以群分。放在识人这件事上，一点都没错！

2014 年第 11 期

"伪君子"与"真小人"

许 海

近日，有媒体报道，某落马官员在被调查时，家中发现上亿元现金，以致调用的 16 台点钞机，当场烧坏了 4 台。而此人平时穿着朴素，骑自行车上下班，一副"不显山不露水"的模样。

古往今来，虚伪现象就如同"人性的弱点"般挥之难去。"举秀才，不知书。举孝廉，父别居。寒素清白浊如泥，高第良将怯如鸡"，古诗曾讽刺这种社会现象。更有古人云，"大奸似厚，激盗似忠"，意谓大奸大恶从来不会写在脸上，而是看起来如同大忠大信，常常令人难以觉察。由此看来，真实来得并不那么简单。一直以来，口是心非，言行不一，不以真实面目示人的"伪君子"并不少见，甚至还会迷惑一时。为此，白居易赋诗叹曰："周公恐惧流言日，王莽谦恭未篡时。向使当初身便死，一生真伪复谁知？"

其实，同样是格调不高，利欲熏心，不仁不义，"真小人"则直截了当许多。为钱，如同葛朗台、阿巴公般的吝啬；为官，如同范进中举后的狂喜；为欲，如同猪八戒般的直率。"真小人"们不但没那么可怕，甚至还有些可爱。因为他们在诸般引诱面前，言行一致，表里如一，心直口快，一副无辜模样，乐为真小人，虽不那么崇高，但也算不上无耻。但"伪君子"则不同，经常是在单纯的面目下有龌龊的灵魂，在漂亮的口号下有灰暗的行为，是驯服表象下的出人意料，是给予信任者的猝然一击，令人防不胜防，带来的后果往往更严重。

这种双面表现，和古代著名神话小说《镜花缘》里的"两面国"有很多相似之处。在两面国中，其人个个头戴"浩然巾"，把脑后遮住，只露一张正面，和人交谈时，显出"和颜悦色、满面谦恭光景"，令人顿觉可爱可亲。谁知将那浩然巾揭起后，里面藏着一张恶脸，鼠眼鹰鼻，张口喷毒，霎时"阴风惨惨，黑雾漫漫"，令人瞠目结舌，大呼上当不迭。

不过，虽然"可以在有些时候欺瞒有些人，却不可以在所有时候欺瞒所有人"，虚伪的东西毕竟迟早会露出马脚，"浩然巾"终有被揭开的时候。小人则难免其"小"，终日在一孔之利的患得患失中讨生活。因而，"伪君子"固然可憎，"真小人"也不足效法，成为"真君子"才是去伪存真，远"小人"成"大道"的抉择。同样是在《镜花缘》中，还描绘了一个"礼乐之邦"的君子国，在此国中，"耕者让畔，行者让路"，"士庶人等，无论富贵贫贱，举止言谈，莫不恭而有礼"，人人以自己吃亏别人得利为乐事，一派其乐融融的景象，令人称奇不已。

当然，这种"理想国"带有一定的想象化特征。对于现实的人来说，如同戏剧大师卓别林在70岁生日当天写的一首诗那样："远离一切不健康的东西。不论是饮食和人物，还是事情和环境，远离一切让我远离本真的东西，这叫作自爱。"坚守本真，以真实的自己立身处世，以客观的是非曲直评事阅人，常如君子般"坦荡荡"，不像小人般"常戚戚"，如此自尊自爱，利人利己，岂不是好？

2014 年第 12 期

掂量"腐败成本"

许　海

近年来，随着反腐倡廉工作的逐步深入，一些涉事官员纷纷落马。相关报道多以该官员给国家财产造成了多少损失来衡量其腐败行为的后果。然而，深入来看，其"腐败成本"当远不止此。

成本，和"效益"相对而言，是一个经济学的概念，意谓生产和销售一种产品所需的全部费用，其本质是为获取效益而付出的资源代价。从成本到效益，中间不可缺少的是交易过程，同样，腐败也离不开某种交易。在腐败交易中，很多东西成了腐败者在获取"腐败效益"中被牺牲的成本。

首先是"经济成本"的损失。腐败往往以权钱交易的形式出现，公共资产虽并不为特定人所有，但腐败者在收受不当利益后，便慷公家之慨，大笔一挥，造成公共资产的惊人流失。更有甚者，"裸官"上阵，铤而走险，或移公共资产于海外，或卷款潜逃不翼而飞，使国家和集体的资产遭到严重损失。另一种看不见的是"人力成本"的损耗。近期对某军界落马高官的报道曾经痛切指出，此人大肆收受贿赂，卖官鬻爵，不仅造成大量国有资产被鲸吞，更给干部队伍建设造成不可估量的损失，其身后形成的人才断层，是对国防建设的最大伤害。在现实中，除项目审批外，选人用人是腐败的另一高发区域。在腐败黑幕的遮掩下，庸人钻上位，能人沉下僚，抱才憾终老，难为不平鸣，导演出许多"看起来无事"的人间悲剧，由此导致的"结构性"人才断层，需引起重视。

进一步来看，"社会成本"的代价不容小觑。良性健康的社会往往具有和谐友善的人际关系、诚信透明的社会规则、互爱互助的社会氛围，这成为可持续发展的重要"社会资本"。但是，腐败者在获取黑金的同时，以"真善美"为成本，源源不断地生产各式各样的"假丑恶"，使得明规则悬置，潜规则横行，加剧了社会的"黑箱"和混沌无序状态，并以反复发生强化这种不健康的行为方式和思维模式，成为社会发展和文明进步的痼疾。更为重要的是，从政治的角度看，"执政资源成本"的损失或许最为令人惋惜。在现代国家中，丰厚的经济资源、优秀的人才资源、良好的社会资源都是执政资源不可或缺的重要组成部分。而腐败的影响绝不止于形式主义、官僚主义、享乐主义和奢靡之风等方面，不仅造成资产流失、人才断层、社会失序，使执政资源受到侵蚀，而且使人对社会管理者的信任打折扣，甚或对社会丧失信心，造成民心资源流失，削弱了执政的群众基础，影响不可谓不严重。因而，腐败是以一人一家的不当得利为效益，透支的是高昂经济、人力、社会乃至执政资源成本。这种不健康社会行为的结果，将使社会健康有机体的正常新陈代谢被阻碍，活力不再，生机渐失，不得不在"亚健康"的状态下负病前行。由此看来，"恨把恶竹斩万竿，怒向腐草挥方镬"，遏制腐败才是减少"腐败成本"损失的必然选择。

2015 年第 1 期

貌似孔子

顏福林

公元前 479 年 4 月 11 日，农历二月十一，孔子逝世，终年 72 岁。孔子的学生们都非常怀念"孔教授"。一个名叫有若的学生长得很像孔子。学生们于是突发奇想，共同拥戴他当他们的老师，请他坐上孔子生前坐过的椅子，就像侍奉孔子一样侍奉他。孔子生前，学生们经常向他请教。一天，学生也向"有教授"请教了一个问题："从前某一天，先生带领我们出门，行前让同学们带好雨具，不久果真就下起雨来。同学们问孔子，先生您是怎么知道要下雨的呢？孔子回答说，《诗经》里说，月亮靠近'毕星'的位置，就预示会下大雨。昨天夜里月亮不是靠近'毕星'了吗？另一次，月亮又靠近'毕星'了，却没有下雨。这是为什么？"有若回答不上来。

某日，学生又向"有教授"请教："商瞿（孔子学生，比孔子小 29 岁）年纪不小了还没有儿子，他的母亲要替他另外娶妻。恰在这时孔子要派他到齐国去，商瞿的母亲怕耽误她抱孙子就请求孔子不要派他去。孔子对她说，你不要担忧，商瞿 40 岁以后会陆续有 5 个男孩降生。后来果真先后生了 5 个儿子。请问，先生当年是怎么能够预先知道的？"有若沉默无语，回答不上来。貌似的孔子禁不住刨根问底，因为假的真不了。学生们一齐说："有若啊，快站起来离开吧，你是不配坐老师的位子的。"在孔子的座位上，有若早就如坐针毡，一听大伙这么说，立马痛痛快快地离开了教授的宝座。有若不再貌似孔子，可 2 500 多年来，各种"貌似"的花样层出不穷，时至今日仍没有半点偃旗息鼓的意思。貌似的人、物、事已经遍及全世界各个层面各个角落，花样翻新了再翻新，要把貌似的起因、波及范围、危害程度以及治理方略说清楚，非得编一套大部头的百科全书不可。"貌似教授"推出的"貌似学术"，绝非全是中国的"土特产"。2014年轰动全球的"STAP细胞"学术造假事件，就是日本年轻的女研究员小保方晴子的"杰作"，说只需用弱酸给体细胞洗澡，再进行挤压，就可以"生出"万能细胞，而用万能细胞是可以"造出"人类所有器官的。日本媒体为此疯狂，将其比作居里夫人。但假的就是假的，不久就穿帮了。中国的"貌似教授"和"貌似学术"，不甘人后，"产量"也比较高。网易教育频道2014年8月盘点出来的"近年学术造假事件"，着实令人触目惊心。绝大多数民众不懂学术，也感觉不到学术与他们有什么直接的关系，他们更关心的是与自己日常生活息息相关的种种"貌似"，特别是食品和药品的"貌似"，令消费者很是担忧。有若被貌似孔子后，并无格外红利可沾，更无灰色收入可图，他没有主动去貌似的动因。貌似被打之时，也就不会做出任何形式的对抗，而是痛痛快快地离开了教授的宝座。与有若貌似孔子不同，现在的很多"貌似"都是貌似者主动为之，或为名、或为利、或名利双收，因此就具有强大的生命力。对于这样的"貌似"，还需要大家擦亮眼睛、有关部门动动真格，因为，它远不像轰有若下台那么简单！

2015年第1期

二十四节气告诉我们什么

牛有成

"春雨惊春清谷天，夏满芒夏暑相连。秋处露秋寒霜降，冬雪雪冬小大寒。"28 个字说明了 12 个月，表述了 365 天，相传了 2 000 多年，这就是二十四节气。为什么这么精确，为什么这么精练？因为它是大众的文化，是民族的智慧，是实践着的真理。它不仅规范了我们的行为，而且启迪了我们的思想。它是不可违背的自然规律。发展要讲节奏。二十四节气告诉我们，春生夏长秋收冬藏是自然的节奏，该发芽时发芽、该结果时结果，才有"春种一粒粟，秋收万颗籽"。这也启示我们发展要遵循规律、讲究节奏，不能急于求成，否则就会揠苗助长、竭泽而渔，出现不切实际的"大跃进"。发展要讲成本。农谚讲：谷雨前后，种瓜点豆。说的是谷雨节喜雨，土壤湿润，气候回暖，种豆育秧正是时候，一旦错过，费时费力，事倍功半。改革发展也如此，要学会依时而动、顺势而为，所谓天时地利人和，讲的是时机，核心是成本。发展要讲持续。农耕文化强调种植与养殖互补、生产与生活互动，体现的是循环，追求的是可持续。说到这儿，我想起一个现象：从我记事起，喜鹊就是一身黑白相间的羽毛，在树上搭个窝生活着。而我们呢，50年过去了，棉袄变成羽绒服、平房换成楼房。奇怪的是喜鹊就地取材搭的窝八九级风也吹不掉，而我们用新材料做的广告牌遇七八级风就开始砸车，这究竟是为什么？长此下去，按适者生存推理，和地球说再见的不一定是喜鹊。

不容忽视的"第三只手"。二十四节气讲的是天，说的是地，记录的是自然。古人依二十四节气安排生产生活，实质就是主观适应客观。

工业文明后，人类认识和改造自然的能力大大增强，特别是在市场经济中，学会了运用"两只手"，便萌生了人定胜天的想法。实际在发展中，只凭政府和市场"两只手"还不够，要想可持续，必须注意"第三只手"——大自然之手，即不容忽视的生态环境。因为忽视"第三只手"，大自然已经亮起红灯：全球每年有3亿亩土地退化不能生长谷物，我国水土流失面积达356万平方公里……今天大自然用雾霾敲响了警钟，再熟视无睹，明天的警钟会是什么？200多年的历史使我们学会了运用"两只手"，2 000多年的文化告诉我们还有"第三只手"。事实也证明，经济总量不仅取决于市场能量，依托于政府力量，更受制于生态容量。生态虽然决定不了GDP的增长速度，但能控制GDP的增长长度。因为容量决定总量，这是铁律。

不能丢掉的民族精神。一是不屈不挠的探索精神。农耕时代，靠天吃饭，就要掌握气象、适应气候。在工具极为有限的条件下，靠双脚追踪候鸟、凭双眼观察作物、用双手记录冷热，困难重重，但先人们不屈不挠，一代又一代反复试错、完善，终于总结出天地呼应、人物相宜、时空顺畅的二十四节气。二是精益求精的科学精神。二十四节气"每月两节不变更，最多相差一两天"。联想到大数据，二十四节气堪称鼻祖，2 000多年前就能预测未来。大家都有感受，立春一近，天气转暖；秋分一过，白天变短；冬至一到，昼夜时间逐渐相反。谁掌握了二十四节气，谁就可以"草船借箭"，这不是算命，也不是演义，这是精益求精的结果。三是功成不必在我的奉献精神。我们不知道二十四节气是谁总结的，只知道它是无数人的集体智慧结晶，而这恰恰体现了我们民族的精神：功成不必在我。正因这种奉献精神，才有了"先天下之忧而忧、后天下之乐而乐"，才有了"国家兴亡，匹夫有责"，也才有了中华民族的生生不息。

2015年第4期

匪夷所思的"证明"

姬建民

办一些事情，证明是断断不可少的。无论是证明真、证明假，还是真证明、假证明，必须要经过这道坎儿。证明就证明罢，却时常出现一些匪夷所思的"证明"。譬如，有位李先生跑遍了父亲生前所在单位和相关部门，都证明不了"我爸是我爸"的"父子关系"；北京有位市民出境旅游填写紧急联系人时，就遇到"证明我妈是我妈"的难题；有不少人还经历过开具"亲子关系证明"、"单身证明"、"无收入证明"等，甚至还有开具自己"未死亡证明"的。这样的"证明"证明了什么？我不惮以恶意来推测这些部门单位，且总以为他们在严格依规行事并一丝不苟。何况也确实有的单位就有提供相关要件才能开具证明的要求。所以，人家一而再、再而三地让你"证明"什么，似乎也是万不得已的事情。然而，且慢！就像有谁能够证明"我爸不是我爸"、"我妈不是我妈"一样，又有谁怎么样才能证明"我爸是我爸"、"我妈是我妈"？换句话说，就是那些要求"证明"的人，谁又能证明"你就是你"、"办证的你就是你"？抱着看似规矩的"规矩"死抠乱拒，究竟是为了什么？凡此种种，能证明的恐怕是"懒政"。由于自己底数不清、情况不明，不是帮着想办法，却把来办事的人踢来踢去，看似蛮负责任，其实就是一种"懒政"；对有些通过单位之间协调沟通就能够证明的事情，却一推六二五，让办事人满世界去开证明，无疑也是"懒政"；有的慑于破除"四风"的影响，担心办事不妥而惹事，索性就装糊涂不办事，以为如此就抓不住"把柄"，当然更是显而易见的"懒政"；有的则如百姓所说，过去是不收礼不办事，现在是不敢收礼不办事，看着似乎"廉洁"了，实际上让办事群众无所适从了。至于那些设置"沟坎"，变着法收费，交上钱就能"证明"的勾当，已不是"懒政"可以概括，完全是顶风违纪、肆无忌惮了。证明过多、过滥、过奇，大多源于各自为政以及多年以前的陈规。实际上，很多证明已经脱离了社会实际的需要，有些需要证明，而不少事情完全不需要证明。比如，一个社区内所属的居民，谁是爹谁是儿、谁是谁的娘等，原本就应该掌握并清楚明白，却非得让人家去翻陈谷子烂芝麻的老账去查去找，看似循规蹈矩，实际上是把本单位部门该厘清的事推给了办事群众。再说，单纯依赖于"公章执政"，不仅越来越不适应形势的发展需要，而且这一个一个的"公章"往往就是刁难百姓、制造障碍的"壁垒"。深化改革，恰恰就是要首先祛除权力部门化、部门利益化、利益行政化的顽疾，列出部门单位自身的权力清单和责任清单，让群众知道并明白遇事有哪些证必须办、由谁负责办、具体怎么办、办不好谁担责等。现在，技术手段这么先进，只要打消因利益所刻意设置的壁垒沟壑，信息共享几乎唾手可得，具体到有些必需的"证明"也分分钟就可以办完。匪夷所思的"证明"根本上证明了有些部门单位并没有真正把执政为民、全心全意为人民服务作为出发点与立足点，简政放权、便捷群众恐怕也只是写在纸上、挂在墙上而已。如果你真对群众有感情，那么，只要设身处地想想群众办事有多难，你就应该明白怎么去做了。这里头根本就没有多大"学问"。

2015 年第 6 期

文化"空城计"

齐世明

近日，一南一北两起在农村地区查办的脱衣舞案件曝光。笔者注意到，案发处均为地理环境较好或可谓富庶之地。青山绿水间缘何"群魔乱舞"？脱衣舞又怎么能在光天化日之下、农村丧事上公演？

话及广袤田野，笔者不由想起毛泽东七律《送瘟神》中的颔联：千村薜荔人遗矢，万户萧疏鬼唱歌。那是 1958 年夏，诗人闻江西余江县消灭了血吸虫病后，欣然提笔。小小的血吸虫肆虐多载，经新中国几年整治，瘟神覆灭。诗人笔下不无浪漫的抒写，广大农民与农村摆脱病魔困厄的心态还是跃然纸上。

改革开放 30 多年，大多数农村又逐渐送走了贫困这个"瘟神"。现状如何呢？人们看腻了青壮年多进城、农村多"空巢"的报道，听厌了父母多为农民工、男孩女孩皆留守的调查，而今又不得不面对青山绿水间"群魔乱舞"的现实。为何一段时间以来，败坏社会风气的脱衣舞接踵演出于南北农村？这种低俗与喧嚣的表演本与农村庄重的葬礼风马牛不相及，困惑于"空巢"与"留守"之间的乡亲们咋对这"情有独钟"呢？

当下，新型城镇化建设如火如荼。前不久，有记者在综合实力百强县中的几个县级市采访，意外地发现竟买不到城市畅销报刊；一些百强县竟连一座影剧院也没有，图书馆、文化馆、博物馆等文化设施或残缺不全，或破败不堪，或名存实亡改作了其他……在这些应该文化繁茂的地方和单位，恰恰让人看到了文化的窘迫与无奈。一个个小康村、一座座小康城镇竟唱起了文化"空城计"！

要说时下，"文化"多多，已经到了令人目不暇接的地步。什么酒文化、茶文化、荷文化自不必说，大至企业、小至钟表也都文化了……小孩子在课桌上乱刻胡写便是"课桌文化"，无聊者如厕时胡涂乱画说成是"厕所文化"；那么，演遍东西南北中农村的脱衣舞是不是可以算"性文化"了呢？当然不是！

正是一个个小康村远离文化，一座座小康城镇唱起了文化"空城计"，在林林总总的百强县的综合实力指标中，既没有给文化留面子，也未留位置。而庄重的葬礼竟弃用多年的传统礼仪，靠"情色"来赚取人气，脱衣舞表演者甚至声称，表演越"黄"，主家就会越兴旺……这种迷信说法，还能众口相传，主家也往往"宁可信其有"，真让人不能不反思：送走了血吸虫、贫困这些"瘟神"，广大农民与农村还不得不陷于文化的缺失、面对淫秽与迷信的纠缠吗？

德国文豪歌德有言，宗教是疲乏者的手杖，是枯竭待毙者的甘泉。将此言中的"宗教"二字易为"文化"，笔者以为可也。当今国人大抵都拜"金（钱）教"，却少信"文（化）教"。精神不振，道德教育忒弱、文化浸润忒少，不能以"文"文人、以"文"化人。所以，城市里戾气扑面，人人看上去都很生硬、粗鲁；农村呢？在红白事上便打了鸡血一样劲儿足，大操大办，甚至将脱衣舞这样淫秽与迷信孪生的怪胎以为精神需求……

看来，在方兴未艾的新型城镇化建设中，如何建设以人为本、以文化为魂的"新城镇"，怎样加大对农村文化建设的投入，增加农村文化娱乐设施和健康的演出、娱乐活动，还真是亟须解决的大课题呢！

2015年第8期

"巧宦"之心

凌肖汉

中国人似乎有崇拜"巧"的情结。文学辞章上有"不着一字，尽得风流"的"巧例"，体力劳动和体育活动中有"善用巧劲"的方法，读书学习、应试备考据说也有很多与"巧"相关的诀窍、门道。就连肢体形态上，古人也有"巧言"、"巧笑"之譬喻。国际关系领域，"巧"字也大有影响，比如，美国前国务卿希拉里这些年就在全球到处推广她的"巧实力"战略。

"尚巧"这种心理符合经济学基本假设，本也无可厚非。综合比较成本代价和利润实惠，"巧"无疑是费力最少而收获最多的一种思路和方法。但这种思路和方法如果不加限制，在公共领域放任使用，往往会演变成表里不一、遮人耳目式的投机取巧，尤其是在政治、军事领域，这种取巧心理最终往往为巧所误、弄巧成拙。长征途中，毛主席用兵不拘一格，大穿插大迂回。由于官兵体力损耗很大，林彪质疑毛主席用兵不走"弓弦"捷径，反而走"弓背"弯路，不合兵法，心中存疑。但正是主席这种看似不取巧的"蠢"方法最终化解敌人的封锁包围，为红军的生存发展赢得宝贵的战略时机。徐悲鸿先生也曾说："所谓'巧'字，是研究艺术之大敌。"这方面的例证教训，古今皆有，不在少数，但敏察之士却不以为意，一误再误，足以引人深思警戒。

"巧宦"之心恐怕是不少官员普遍着迷的心理情结。对官员个人而言，居官治事，为任一方，最常见的心理恐怕就是能干成事，树立威望和政绩，并得到上级赏识荐举提拔。这就必然要求处理好与领导、与群众的关系、做事与做官的关系。但有些干部却将两者极端对立化，多副面孔，精明乖巧，唯以事上为能，将一己仕途看成立身根本。淡定笃实地谋划行事，他们等不及；挖空心思地找寻巧宦之术，他们走"终南捷径"。有的竟沦落到与江湖术士过从甚密，指望风水祖坟这些子虚乌有之物助他们不断高升。有些干部最拿手的未必是业务本领，但在宦海官场中却能游刃有余，靠的无非还是旧社会官场中那些腐朽习气。比如，有的做无原则的"老实人老好人"，"一味圆融，一味谦恭"，遇事和稀泥，甘当"和事佬"；有的奉行"多磕头，少说话"、"多一事不如少一事，不出事即为有本事"的怠惰哲学；还有的善于琢磨人事关系，"仕途钻刺要精工，京信常通，炭敬常丰"，走上层路线，加盟小圈子抱人大腿根。等而下之的就是"跑、送、吹、装"了，完全丧失了一个共产党人的精神境界和道德底线，有些笑话和闹剧已经严重玷污了党的形象。

对年轻干部来说，应该及早树立"行不由径，事不取巧"的心态。最根本的还是要忠于职守，勇敢担负所肩负的职责，不避劳苦，不畏繁难，有想法，有干劲，慎如善终，忠勤如一，"以天下之至拙，应天下之至巧"。如果组织部门在选人用人上能秉持至公，烛照幽明，让实干的干部得实惠，埋头的干部能出头，必然能形成示范带动效应，即会出现习近平总书记所说的"用一贤人，则群贤毕至"的大好局面。

各级领导干部如果能祛除取巧心理，勇于担当任事，自觉抵制一切歪风邪气，我们党的执政根基和声誉形象无疑能得到极大的巩固提高。如此，则家国幸甚，万民幸甚。

2015 年第 10 期

"好人"害人

蔡建军

何谓好人主义？一言以蔽之，就是"不讲原则，不分是非"，当"好好先生"。表面上讲宽厚、与人为善，事实上损人利己、损公肥私。有位领导干部说得好，一个单位人心不齐、风气不正、建设不好，往往是因为"老好人"太多、好人主义盛行。细细品味，颇为深刻。

贪官猛如虎，庸官害如狼。不廉洁、不奉公是不守纪律、不讲规矩；不勤政、不有为、当"老好人"也是不守纪律、不讲规矩。

好人主义之所以是"害人主义"，是因为与我们党"惩前毖后，治病救人"的原则背道而驰。"好人主义"一旦在官场风行，党内民主生活就难以为继，发现问题和缺点不敢批评，对不良现象睁一只眼闭一只眼，易造成党纪国法的松懈，侵蚀党的肌体，败坏党的风气，使党组织的原则性、战斗力受损。

好人主义的实质是个人主义，是把个人名利得失放在党性原则之上的价值选择。"好人主义"看似危害不大，实则容易引发一些党员干部滋长不负责任的态度和作风，贻害无穷。看起来是对人"好"，其实是对同志不负责任。比如，同事在工作中出现失误、错误或者危险苗头和不良倾向，有些人不提出、不指正、不拉一把，反而"各人自扫门前雪，休管他人瓦上霜"，让其在危险边缘愈滑愈远。

好人主义就像"腐蚀剂"，又像"软刀子"，侵蚀共产党人的革命意志，损害党的肌体健康。正如有的犯了错误的领导干部深有感触地说："平时没有人批，没有人骂，找我的时候就'双规'了。"可见，失之于软、失之于宽，是某些问题不断产生的重要原因之一。

敢于正视问题，勇于自我揭短，是对党员干部党性觉悟的基本要求。该批评的不批评，该劝阻的不劝阻，该制止的不制止，使得有错误的同志错失改正错误的良机，最终酿成无法挽回的大错，好人主义成了"害人主义"。

一个"好好先生"盛行的党，注定是一个腐败的党；一个充斥着"老好人"干部的地方，注定是一个发展没有希望的地方。历史和现实也一再表明，好人主义现象任其蔓延，不仅腐蚀人的思想、庸俗同志关系、毒化党风政风，而且破坏党的规矩、涣散党的组织、消解党的战斗力，任其蔓延，害莫大焉！

毛泽东曾经指出："我们有批评和自我批评这个马克思列宁主义的武器。我们能够去掉不良作风，保持优良作风。"实际上，"严管就是厚爱"。抓早抓小，发现苗头性问题及时了解核实、诫勉谈话，"拉拉袖子"、大喝一声，及时遏止了，才能防止"千里之堤，溃于蚁穴"。不怕撕破脸皮，是对同志的真关心、真爱护。平时多红红脸、出出汗，把纪律标准定得严些，不怕得罪人，才不致在回天无力时追悔莫及。

苏格拉底有句名言："猎人利用狗来捕获兔子，而阿谀者用赞扬来捕获愚蠢者。"唯愿大家都能领悟个中真谛，多增一分不当"愚蠢者"的清醒，自觉抵御好人主义侵蚀。

2015 年第 11 期

"实事求是"的尴尬

于文岗

词语也有尴尬，"实事求是"就是一个。"实事求是"语出《汉书·河间献王传》"修学好古，实事求是"。唐代学者颜师古的解释是"务得事实，每求真是也"。大意是说，追求事物的原理必须注重实际、实践与事实。"实事求是"与《礼记·大学》八目中"格物"、"致知"一脉相承，"格物"、"致知"出生更早，内涵更丰富，当是"实事求是"之祖。

"实事求是"在百姓眼里更简单，有的就叫"以实求实"，大概是从实事中求实理或实打实的意思。对"实事求是"诠释最精彩的当数毛泽东了。他说："'实事'就是客观存在着的一切事物，'是'就是客观事物的内部联系，即规律性，'求'就是我们去研究。"自此，"实事求是"就被奉为马克思主义活的灵魂以及党的思想路线的核心内容。它的最辉煌结晶就在中国革命建设和改革开放、民族复兴的伟大事业中。

在褒奖"实事求是"的同时，我们也当细察其不时被世人戏耍、亵渎、捉弄的尴尬。比如前几年，一些地方出台住房限购政策，导致以分户为目的的离婚大增。尤其二手房交易差额征收 20% 个税后，一些地方离婚数创纪录。据某市民政局数据，2013 年前 9 个月离婚登记数同比激增 41%，有的城市还出现了预约领号牌的"离婚限号"怪象。这些政策还催生了"婚托"：通过与外地人结婚、离婚，从而使外地人获得在本市买房资格。一些婚姻登记中心挂出"楼市有风险，离婚需谨慎"的警示牌。真乃"千古奇事，赶上不易，恶政拆囍，像是游戏"。

某市推进殡葬改革，要求 2014 年 6 月 1 日起全部实行火葬，一些地方收回村民棺木强行拆解。报道称，有老人为赶在殡改实施前"入土为安"而自杀。虽然当地民政部门否认自杀与殡改有关，但媒体对个案的详细还原，却揭示了自杀与强推土葬之间的相关性。显然，这是"赶早入土"绑架"实事求是"入土了！

奇中有奇。有的城市为迎接大型国际会议，大搞"反季节绿化"，种植树木大量枯死；有市长反映"治污没法干，几百亿埋地下，百姓看不见"；城市建设管理领域"反规律施工"、"维修性拆除"、"钓鱼式执法"；日常工作中"不敢探究真相"、"不敢承认事实"、"不愿面对现实"、"用形式主义反形式主义"、"不问苍生问鬼神"以及屡反屡犯的"一刀切"、"翻烙饼"、矫枉过正和由此而来的过犹不及，还有"宁左勿右"、因噎废食、唯上为是、唯权为是、唯心为是、自以为是、唯我才是，等等，都是对"实事求是"的亵渎。

在纪念陈云诞辰110周年座谈会上，习近平总书记号召"学习他实事求是的精神"。陈云总结提炼出的"不唯上、不唯书、只唯实，交换、比较、反复"十五字诀，实在是让"实事求是"摆脱尴尬、抖起精神的妙方。

2015年第11期

惶恐人生

杨东鲁

大凡人生都是在惶恐之中度过的。髫龄少年惶恐学业之不优异；血气方刚，惶恐爱情之不甜蜜；不惑知命，惶恐事业之不达、家庭之不兴、子女之不杰；花甲古稀，惶恐体力之不济、贵恙缠身。阅尽人生，何人不是如此诚惶诚恐，步完生命之旅。懂得惶恐，常呈惶恐之态，正是人与他物之比所显示出的高尚之处。倘一个人不具惶恐心态，其人生就会如行尸走肉，与犬豕无异。

中国五千年文化，不少智者、诸多经典都留下了论及惶恐人生的金玉良言。孔子曰："吾日三省吾身。"韩非子说："知之难，不在见人，在自见。"这是一种修身养性的惶恐。"先天下之忧而忧，后天下之乐而乐"，"鞠躬尽瘁，死而后已"，是一种大有大无的惶恐。"忧劳可以兴国，逸豫可以亡身"，"生于忧患，死于安乐"，"临祸忘忧，忧必及之"，则深刻地道出了惶恐的人生哲理。

惶恐是一种人生境界。人是社会的人，受着各种伦理道德、思想观念、法律法规的约束，不可能天马行空、独往独来，更不能有恃无恐、恣意妄为、无法无天，否则会四处碰壁、头破血流。人生在世，应常怀"惶恐"二字。惶恐为官不廉，惶恐从政不勤，惶恐危害国家，惶恐触犯法纪，惶恐治学不严，惶恐求学不精，惶恐对长者不尊，惶恐对子女不诚。如此惶恐，是为奋勇前进踢开羁绊，是为抗御邪恶构筑堤坝，是为加强人生修养，是为辉煌人生殿堂。

惶恐可以萌生一种力量。朱镕基在坐上总理位置时就感到很惶恐。正因为有此惶恐，才增添了他忠于职守的坚强决心和无穷力量，"不管前面是地雷阵还是万丈深渊，我都将一往无前，义无反顾，鞠躬尽瘁，死而后已"。惶恐是对人格的升华。在我国古代，鲁相公孙仪嗜鱼而惶恐受人之鱼，将枉于法；枉于法，将免于相，那时嗜鱼却难以得到鱼了。公孙仪有远虑，避免了近忧。公孙仪惶恐受人之鱼，成为千古美谈。后汉杨震任东莱太守时，昌邑县令王密深夜揣金相赠，震拒纳。密曰："夜幕无人知。"震曰："天知，地知，你知，我知，何谓无知者？"正因为杨震有一种"何谓无知者"的惶恐意识，所以才一生清白，升华了他的人格，流芳百世。惶恐方能自律，反之，则会走向罪恶的深渊。历朝历代，因贪腐而落马的贪官们，不是最好的佐证吗？

惶恐可促使人生对事业的追求愈加执着。当上海市领导到医院祝贺文坛泰斗巴金获得上海市文学艺术杰出贡献奖时，93岁高龄的巴金老人艰难地说："我感到很惶恐。我没有写过好作品。"巴金老人的惶恐，充分反映了他对文学创作事业的高标准追求。宋朝文学家欧阳修在创作《醉翁亭记》时，开头写滁州四面有山，写了几十个字，觉得不满意，又反复修改，最后只剩下"环滁皆山也"五个字。其妻见他改得非常辛苦，便劝他不必自讨苦吃。欧阳修却说："文章不改好，我怕后生讥笑，更怕给后人留下话柄啊！"正是有了"怕后生讥笑，更怕给后人留下话柄"的惶恐，欧阳修才留下了一篇篇不朽的传世之作。

人生在世，做官也罢，做事也罢，做文也罢，多点惶恐，没错。

2015年第12期

说"忍"

曹仙源

国人历来有主张一切皆忍者，似乎只要修炼到了能忍人所不能忍之辱、容人所不能容之事，乃至唾面自干的境界，从而做到"受侮不答，闻谤不辩，受辱不怨"，便是"大智大福之人"了。其上下求索、搜尽枯肠，找来的证据便是：韩信忍于胯下，卒受登坛之拜；张良忍于取履，终有封侯之荣。

但是，这种以忍为上、为贵、为高的苦心说教，从来就没有说服过芸芸众生，故而不曾有过"舆论一律"的"太虚幻境"。与之针锋相对的立论则是敢作敢为，爱憎分明，其振聋发聩的呐喊声为："是可忍，孰不可忍"！为此，鲁迅立下的遗嘱旗帜鲜明："损着别人的牙眼，却反对报复，主张宽容的人，万勿和他接近。"李敖也说过类似的话：人对他有恩，他忘恩；人对他有仇，他不记仇。这种恩怨不明的人，不可交。

窃以为，凡事不可一概而论。当忍不忍，乃鸡肠小肚、鼠目寸光；不当忍而忍，则是尸位素餐、行尸走肉。韩信受屠夫胯下之辱，他后来也曾说，不是惧怕，而是没有理由杀屠夫，杀了屠夫就没有后来的韩信了。应当说，这是一种懂法理、识时务、重长远的睿智，岂一个"忍"字了得？

西晋太康三年，一统天下的武帝司马炎在南郊祭天，自以为有雄才大略，得意非凡，兴致勃勃地探问陪同在一旁的监察官刘毅："你以为我可以与汉代哪个皇帝相比？"这个刘毅是吃了豹子胆的直臣，向来怎么看、怎么想就怎么说。他竹筒倒豆："陛下堪与汉桓帝、汉灵帝相比！"知否？这桓、灵二帝昏聩无能，乃开创中国官场卖官鬻爵先风的罪魁祸首，大汉的江山就断送在这两个人手里。刘毅此言，则无异于指着武帝的鼻子骂他也是个"不是东西的东西"！武帝本想讨个口彩，不料刘毅却"犯颜不畏乎逆鳞"，其震惊可想而知。但他还是忍住了，只是问了一句："你怎么把我与这两个昏君相比呢？"刘毅一不做二不休，索性摊牌："桓、灵二帝把卖官的钱归入官库，而陛下却把卖官的钱放进了私人的腰包。由此看来，陛下连此二帝都不如呢！"如此不给面子，武帝不仅忍了，还反过来表扬了刘毅："桓、灵二帝时代，听不到有人说类似的话。现在我有你这样刚直的人说这样的话，显然我比那两人强些。"武帝能忍，乃一位"开明领导"的应有雅量，可嘉；刘毅不忍，是一名"合格干部"的应有素质，难得！

民国时期，国民党参政员张奚若，在不当忍的原则问题上也绝对不忍。他敢于在会上与演讲中，当着蒋介石的面猛烈抨击国民党"好话说尽，坏事做绝"，并强烈反对喊蒋"万岁"，还曾公然敦促蒋介石下野，道是"说得不客气点，便是滚蛋"。当他看到蒋介石闻过不喜，还责怪他"太刻薄"，便从参政会议上拂袖而去。从此，每接到参政会议开会通知与赴会路费时，他就当即回电，以示抗议："无政可参，路费退回！"蒋介石当忍不忍，缺乏气量，不可取。张奚若不当忍就不忍，乃独立人格的体现，值得肯定。

2015 年第 12 期

图书在版编目（CIP）数据

燕山新话：《前线》杂文集：1995–2015年/ 前线杂志社编. — 北京：中国人民
大学出版社，2016.6

ISBN 978-7-300-22687-3

Ⅰ.①燕… Ⅱ.①前… Ⅲ.①杂文集–中国–当代 Ⅳ.①I267.1

中国版本图书馆CIP数据核字（2016）第056678号

燕山新话

《前线》杂文集（1995—2015年）

前线杂志社 编

Yanshan Xinhua

出版发行	中国人民大学出版社			
社 址	北京中关村大街31号		**邮政编码**	100080
电 话	010-62511242（总编室）		010-62511770（质管部）	
	010-82501766（邮购部）		010-62514148（门市部）	
	010-62515195（发行公司）		010-62515275（盗版举报）	
网 址	http://www.crup.com.cn			
	http://www.ttrnet.com（人大教研网）			
经 销	新华书店			
印 刷	北京中印联印务有限公司			
规 格	170mm×230mm 16开本		**版 次**	2016年6月第1版
印 张	13.25 插页1		**印 次**	2016年6月第1次印刷
字 数	164 000		**定 价**	55.00元